玉叩斋随笔

王家葵 ◆ 著

王家葵字曼石,斋号玉叩,四川成都人。医学博士,成都中医药大学教授,中国药学会药学史本草专业委员会副主任委员,四川省书法家协会副主席。出版本草、道教、书法论著多种,代表作有《神农本草经研究》《本草纲目图考》《陶弘景丛考》《养性延命录校注》《唐赵模集王羲之千字文考鉴》《近代印坛点将录》《近代书林品藻录》《玉叩读碑》等。

目 录

自 序 / 8

卷一 道书札记

《晋书》许迈传书后 / 12

王羲之断酒帖跋 / 16

陆简寂与佛教 / 20

读《神灭论》/ 25

天监六年梁武帝重议神灭本事钩沉 / 29

《夷夏论》补苴 / 40

《夷夏论》著作时间 / 43

夷夏之辩 / 47

泥洹与仙化 / 54

梁武帝舍道诏说疑 / 57

《寻山志》与《山栖志》/ 65

论孙绰 / 69

孙绰《喻道论》/ 73

卷二 书画琐闻

清人无草书 / 78

佛法与书法 / 80

近世艺术家斋馆别号举隅 / 82

《中国书法大辞典》补遗三则 / 85

法相宗草书符号 / 89

《三国志》钟繇传书后 / 90

《后画中九友歌》/ 93

吴湖帆《烛奸录》记《快雪时晴帖》真赝 / 94

巴县杨量买山地记 / 95

何子贞人日游草堂题联 / 97

汉中石门魏武摩崖 / 99

青城山玄宗御书敕 / 100

颜真卿书鲜于氏离堆记 / 102

杜工部南山诗碑 / 104

近代书家成才轶事摭遗 / 106

侠妓薛素素 / 110

闲话闲章 / 112

跋王舍人碑 / 116

吴湖帆二十四斋室图 / 117

双桂堂二僧书法 / 121

"忽忽不暇草书"臆说 / 124

张大千手书招贴跋 / 128

武穆墨宝 / 129

楹帖琐话 / 131

石点头 / 137

诗婢家 / 138

近代名家字号摭谈 / 140

古草新姿 / 143

泰山刻石之地质学特点 / 146

题跋记趣 / 147

蜀中三汉阙 / 149

巴郡太守樊敏碑 / 151

四川新出汉代石刻 / 153

鹤鸣山道教碑 / 155

苏沧浪 / 156

楹帖琐话补 / 158

印余闲话 / 160

自题小像 / 164

读《沙孟海日记写本二种》 / 165

三友 / 167

论书片语 / 168

仰鹤斋 / 170

赵㧑叔盖印法 / 171

翁松禅访鹤 / 173

马蹄死 / 174

王献唐题《乌尤山诗集》 / 175

同姓名 / 176

启元白行辈 / 177

近代三曼殊 / 178

曼殊画 / 180

王文治"曾经沧海" / 181

卷三 岐黄小语

橘井杏林 / 184

张宗祥 / 185

三世医说 / 186

导引 / 187

神仙起居法 / 189

布气治病 / 190

天下第一泉 / 191

温泉 / 193

泉水寿人 / 194

余杭章氏医学 / 195

章太炎挽恽铁樵联 / 197

章太炎论中西医药 / 198

张简斋 / 200

郑钦安 / 202

儒医 / 205

《治病药》与《书本草》 / 206

《药名谱》 / 208

《石药尔雅》 / 209

取类比象 / 210

扁鹊第三 / 211

医药对偶 / 212

医家隽语 / 213

废止旧医案始末 / 214

蒲留仙 / 216

百病与百药 / 217

《禅本草》 / 218

《广阳杂记》与《冷庐杂识》 / 219

十八反刍议 / 220

异药 / 223

磁疗 / 224

猴经 / 225

林则徐与新豆栏医局 / 226

章太炎训"达"字 / 227

六腑异说 / 228

见于敦煌变文之药名诗 / 229

章太炎之医药诗文 / 230

太炎释火齐汤 / 231

浙江医家 / 232

陈邦贤《自勉斋随笔》 / 234

青浦何氏医学世家 / 235

古人认识与现代观念暗合 / 237

米寿 / 238

阴阳 / 239

神农与中医药 / 240

《汉书》"本草"考 / 242

《本草经》之名始见于东汉 / 245

《神农本草经》成书年代 / 246

花好月圆人健 / 248

钱本草 / 250

阿胶考 / 252

《邻苏老人学术年谱》记柯刻《大观本草》事 / 255

紫薇 / 258

昙花 / 259

苦丁茶 / 260

儿茶 / 262

郁金品种变化 / 263

自 序

涂写廿余年，成书数种，别有笔记、日札若干册，初为墨笔手写，渐次录入电脑，统计字数，竟得百万言之多。今择其中可存者十万言，依宗教、美术、中医主题，分别部居，都为三卷，总题作《玉吅斋随笔》。

1983年暑假，沪游归来，溯长江而上，轮船小卖部得郑逸梅《清娱漫笔》一册，此余读稗书之始。兴趣一经引发，则不可收拾，乃竭力搜罗中华、上古出版之"历代史料笔记丛刊"、"学术笔记丛刊"、"古小说丛刊"等，以满足阅读欲望。如是数年，便思仿作。自度识见浅薄，不能作深奥语，遂检理书画掌故熟悉者，梳理成篇，投寄《龙门阵》《书法报》。积累渐丰，其后撰《近代印坛点将录》《近代书林品藻录》于兹多有取材。今删去重复，另增书论数条，收入本书卷二，题为"书画琐闻"。

练习书法，曾用功《急就章》，计划作《急就篇药名病名训释》，因循未果，却从此潜心本草学问。以十年心力，著成《神农本草经研究》，稍后又有《救荒本草校释与研究》《中药材品种沿革及道地性》诸作，于本草历史、版本源流、古今品种、道地沿革，小有发明。吾友张瑞贤兄主编《家庭中医药》索稿，成"一半室医随笔"交付连载，今改题为"岐黄小语"，收入本书卷三。

因研究本草而涉及汉晋宗教生态，尤其关心道教创立之前因后果，先撰成《陶弘景丛考》，近又辑校《登真隐诀》。颇有心思澄清魏晋隋唐三教论衡背景，多历年所，仅写定札记十数条，今题"道书札记"，冠于卷首。

植物有三叶草，西人花语意为幸福，点缀庭院，增添大地绿色，衬托百花娇艳。道教、书法、金石、本草，此余贡献学术之三叶，卑之无甚高论，亦如此草。

成都王家葵曼石甫
庚寅十月既望

卷一 道书札记

《晋书》许迈传书后

《晋书》卷80王羲之传后附许迈传,其略云:

许迈,字叔玄,一名映,丹阳句容人也。家世士族,而迈少恬静,不慕仕进。未弱冠,尝造郭璞,璞为之筮,遇泰之大畜,其上六爻发。璞谓曰:君元吉自天,宜学升遐之道。时南海太守鲍靓隐迹潜遁,人莫之知。迈乃往候之,探其至要。父母尚存,未忍违亲。谓余杭悬霤山近延陵之茅山,是洞庭西门,潜通五岳,陈安世、茅季伟常所游处,于是立精舍于悬霤,而往来茅岭之洞室,放绝世务,以寻仙馆,朔望时节还家定省而已。父母既终,乃遣妇孙氏还家,遂携其同志遍游名山焉。初采药于桐庐县之桓山,饵术涉三年,时欲断谷。以此山近人,不得专一,四面藩之,好道之徒欲相见者,登楼与语,以此为乐。常服气,一气千余息。永和二年,移入临安西山,登岩茹芝,眇尔自得,有终焉之志。乃改名玄,字远游。与妇书告别,又著诗十二首,论神仙之事焉。羲之造之,未尝不弥日忘归,相与为世外之交。玄遗羲之书云:自山阴南至临安,多有金堂玉室,仙人芝草,左元放之徒,汉末诸得道者皆在焉。

> 羲之自为之传，述灵异之迹甚多，不可详记。玄自后莫测所终，好道者皆谓之羽化矣。

检《云笈七签》卷106有许迈真人传，不署撰人，文辞与《晋书》小异，首句述郭璞筮卦事云："曾从郭璞筮卦，遇大壮之大有，上六爻发。璞谓映曰：君元吉自天，宜学轻举之道。"按此句似当以《云笈七签》"大壮之大有"为正。大壮䷡上六爻动，变大有䷍，上九"自天佑之，吉，无不利"。正本文"元吉自天"义，《晋书》作"泰之大畜"，即䷊变䷙，上九"何天之衢，亨"，则不与郭景纯解说相符。颇疑《晋书》与《云笈七签》皆本于王右军所作之《许先生传》，原文以卦象表示，后人传抄，乃误九四之阳爻为六四之阴爻，遂讹大壮为泰，大有为大畜矣。

本传云"悬霤山"，《云笈七签》卷27司马紫微《天地宫府图》七十二福地之第七玉溜山条则云："玉溜山在东在东海近蓬莱岛上，多真仙居之，属地仙许迈治之。"未详孰是。又传云许迈妇孙氏，据《真诰》卷20之《真胄世谱》谓"娶吴郡孙宏字彦达女，即骠骑秀之孙"，可引此为注。

《晋书》涉及许迈尚有三处，同卷王羲之传云："羲之既去官，与东土人士尽山水之游，弋钓为娱。又与道士许迈共修服食，采药石不远千里，遍游东中诸郡，穷诸名山，泛沧海，叹曰：我卒当以乐死。"又云："始羲之所与共游者许迈。"按羲之与许迈共游名山事不当在羲之去官以后，考羲之誓墓在永和十一年，而《真胄世谱》谓迈"永和四年秋绝迹于临安西山，年四十八"，是许迈之卒在右军去官之先也。故祁小春兄著《迈世之风：有关王羲之资料与人物的综合研究》，

《晋书》许迈传书后

邓尔雅书罗浮尚有葛仙翁

认为两处"许迈"皆"许询"之讹，询亦道士，与羲之友善。其说考证精密，可为定论。第三处则见卷32孝武李太后传：

> 始简文帝为会稽王，有三子，俱夭。自道生废黜，献王早世，其后诸姬绝孕将十年。帝令卜者扈谦筮之，曰：后房中有一女，当育二贵男，其一终盛晋室。时徐贵人生新安公主，以德美见宠。帝常冀之有娠，而弥年无子。会有道士许迈者，朝臣时望多称其得道。帝从容问焉，答曰：迈是好山水人，本无道术，斯事岂所能判。但殿下德厚庆深，宜隆奕世之绪，当从扈谦之言，以存广接之道。帝然之，更加采纳。

按《晋书》于简文帝乞子嗣事，虽未著时间，仍可作大致推断。据引文简文帝问许迈当在道生废黜之后，检《晋书》卷64简文三子列传仅言："道生性疏躁，不修行业，多失礼度，竟以幽废而卒，时年二十四。"《晋书》卷32简文顺王皇后传云："永和四年，母子（指道生）并失帝意，俱被幽废。后遂以忧薨。"复据前引《真胄世谱》迈"永和四年秋绝迹",陶弘景《上清真人许长史旧馆坛碑》亦称"第四兄远游,永和四年嘉遁不反", 故简文问卜必在永和四年(348)许迈去世以前也。至于许迈所授"广接之道",则当是三张合气之术。

王羲之断酒帖跋

明张溥《汉魏六朝百三名家集》之王右军集卷1载右军断酒帖两首：

> 断酒事终不见许，然守之尚坚，弟亦当思同此怀。此郡断酒一年，所省百余万斛米，及过于租，此救民命，当可胜言。近复重论，相赏有理，卿可复论。

> 百姓之命（缺）倒悬，吾夙夜忧此，时既不能开仓庾赈之，因断酒以救民命，有何不可，而刑犹至此，使人叹息。吾复何在，便可放之，其罚谪之制，宜严重。可如治日，每知卿同在民之主。

两帖时间略有先后，前帖有断酒之议，而未见许可，次帖乃强力施行，为上官罚谪后致书友人者。检《晋书》卷80王羲之传云："时东土饥荒，羲之辄开仓振贷。然朝廷赋役繁重，吴、会尤甚，羲之每上疏争之，事多见从。"而断酒之议独不见从，明阻力不来自尚方，当是上级官员作梗。《抱朴子·外篇·酒诫》云："曩者，既年荒谷贵，人有醉者相杀，牧伯因此辄有酒禁，严令重申，官司搜索。"因知断

王羲之像

酒禁令，州牧有权处分也。复考本传，羲之与王述交恶，《世说新语·仇隙》载之甚详：

> 王右军素轻蓝田（王述）。蓝田晚节论誉转重，右军尤不平。蓝田于会稽丁艰，停山阴治丧。右军代为郡，屡言出吊，连日不果。后诣门自通，主人既哭，不前而去，以陵辱之。于是彼此嫌隙大构。后蓝田临扬州，右军尚在郡。初得消息，遣一参军诣朝廷，求分会稽为越州。使人受意失旨，大为时贤所笑。蓝田密令从事数其郡诸不法，以先有隙，令自为其宜。右军遂称疾去郡，以愤慨至终。

宜注意"数其郡诸不法"一语，疑断酒亦其中一事也，故次帖作如此忧愤之语。则两帖必作于永和十年（354）二月王述为扬州刺史之后，十一年（355）三月右军誓墓之前也。

按右军断酒之令实非违法，三国魏、蜀皆有酒禁，晋室南迁后，亦有此禁，据《晋书》诸帝纪，"太元八年（383）开酒禁。始增百姓税米，口五石。""隆安五年（401）是岁，饥，禁酒。""义熙三年（407），大赦，除酒禁。"由是观之，右军于蓝田吊问失仪，所输者尚只是私谊，而蓝田执禁酒事责难，则是以私害公，宜乎右军耻为之下。《金楼子·立言》亦述右军与蓝田交恶，而作评价之语云："余以为怀祖（王述）为得，逸少（王羲之）为失。"若详参此两帖，梁元帝是非真知右军者。

17

王羲之断酒帖跋

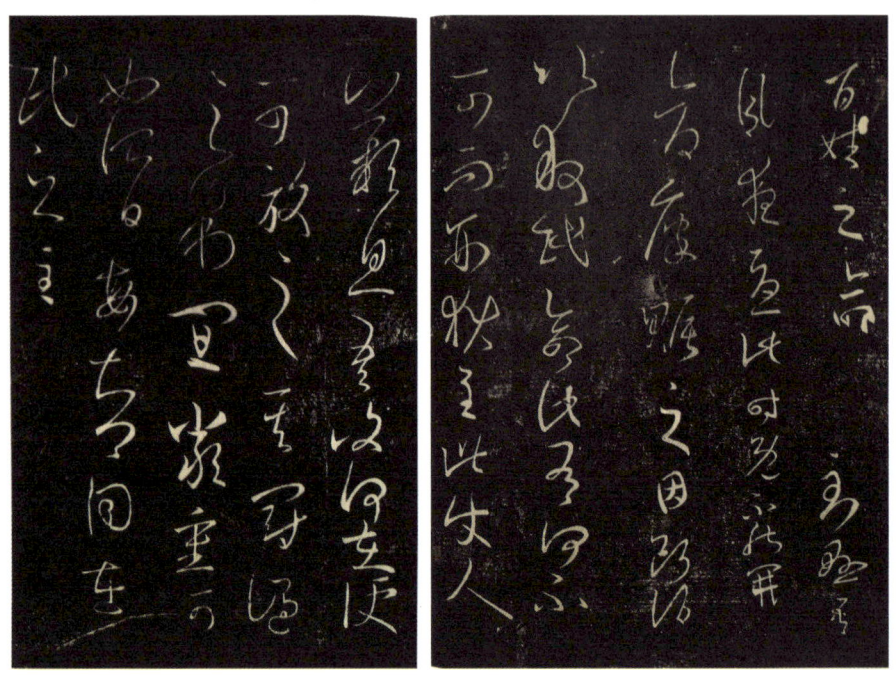

王羲之《百姓帖》

断酒固度荒措施，而揆其渊源，则与《太平经》有关。经抄丁部云：

> 天下兴作善酒已相饮，市道尤极，名为水令火行，为伤于阳化。凡人一饮酒令醉，狂脉便作，买卖失职，更相斗死，或伤贼，或早到市，反宜乃归，或为奸人所得，或缘高坠，或为车马所克贼。推酒之害万端，不可胜记。念四海之内，有几何市，一月之间，消五谷数亿万斗斛，又无故杀伤人，日日有之，或孤独因以绝嗣，或结怨父母置害，或流灾子孙。县官长吏，不得推理，叩胸呼天，感动皇灵，使阴阳四时五行之气乖错，复旱上皇太平之君之治，令太和气逆行。盖无故发民令作酒，损废五谷，复致如此之祸患。但使有德之君，有教敕明令，谓

吏民言，从今已往，敢有市无故饮一斗者，笞三十，谪三日。饮二斗者，笞六十，谪六日。饮三斗者，笞九十，谪九日。各随其酒斛为谪。酒家亦然，皆使修城郭道路官舍。所以谪修城郭道路官舍，为大土功也。土乃胜水，以厌固绝灭，令水不过度伤阳也。水，太阴也，民也，反使兴王，伤损阳精，为害深矣。修道路，取兴大道，以类相占，渐置太平。

古者禹绝旨酒，书作酒诰，立论悉从修身立国出，皆无如《太平经》阐述之全面，戒禁之坚决，其所涉及社会经济问题尤为深刻。受其影响，早期禁酒政令，多与道教有关。《三国志·魏书·张鲁传》裴松之注引《典略》云："鲁在汉中因其民信行修业，遂增饰之。教使作义舍，以肉米致其中，以止行人。又教使自隐，有小过者，当治道百步，则罪除。又依月令，春夏禁杀。又禁酒。流移寄在其地者不敢不奉。"《张鲁传》称："鲁虽据汉中，以鬼道教民，自号君师。"鲁固早期道教之政教合一者。鲁祖父陵于蜀鹄鸣山造作道书，立五斗米道，及刘备据蜀，"天旱禁酒，酿者有刑"，语见《三国志·蜀书·简雍传》；张鲁降曹，拜镇南将军，而"时年饥兵兴，（曹）操表制禁酒"，事出《后汉书·孔融传》，两事皆非偶然。至于琅邪王氏之世事五斗米道，此人所共知者，右军断酒省米，与《太平经》"无故发民令作酒，损废五谷"之论，尤同出一辙。

陆简寂与佛教

《宋书》《南史》皆无陆修静传，披览文献，检得陆修静行谊与佛教相关者凡三事。一为虎溪三笑，谓修静、渊明与远公庐山莲社结缘，此宋人已疑其非，元陶九成《南村辍耕录》卷30三笑图条论之尤详。又一事见《高僧传》卷8道盛传："丹杨尹沈文季素奉黄老，排嫉能仁。乃建义符僧局责僧属籍，欲沙简僧尼，由盛纲领有功，事得宁寝。后沈文季故于天保寺设会，令陆修静与盛论议，盛既理有所长，又辞气俊发，嘲谑往还，言无暂屈，静意不获申，恧焉而退。"按《全唐文》卷926载吴筠所作简寂先生陆君碑、李渤《真系》悉言陆卒于元徽五年（477）三月二日，春秋七十有二，复考《南齐书》卷44沈文季传，文季迁丹阳尹在昇明二年（478），则《高僧传》所记诚有可疑，陈国符《道藏源流考》补作陆修静传，不取陆与道盛之论辩，或因为此。涉及陆修静与佛教关系较为可信材料唯陈马枢《道学传》卷7，陈国符辑本有云：

> 太始三年三月，乃诏江州刺史王景宗以礼敦劝，发遣下都。……初至九江，九江王问道佛得失同异，先生答：在佛为留秦，在道为玉皇，斯亦殊途一致耳。王公称善。至都，……旬日间又请会

陆简寂与佛教

虎溪三笑图

于华林延贤之馆，帝亲临幸，王公毕集，先生鹿巾谒帝而升。天子肃然增敬，躬自问道，咨求宗极。先生标阐玄门，敷释流统，并诣希微，莫非妙范，帝心悦焉。王公又问：都不闻道家说二世。先生答：经云，吾不知谁之子，象帝之先。既已有先，居然有后。既有先后，居然有中。庄子云，方生方死。此并名三世，但言约理玄，世未能悟耳。

传中九江王问佛道得失异同及入京后王公问道家三世，并陆修静答辞最宜注意。

陆云："在佛为留秦，在道为玉皇，斯亦殊途一致耳。"留秦乃过去七佛之第四者，梵文言 krakucchanda，旧译多作拘留秦、俱留秦、鸠留秦，此其省称，姚秦三藏鸠摩罗什译经始统一为拘留孙，本传尚

21

用"留秦"旧译，明其真出简寂之口，非后人杜撰也。至于陆何以取拘留孙佛与玉皇上帝相对举，不可确知，然细绎陆之答辞，至少可以看出陆修静确无排佛之意。像教西来与本土道教之兴起，时间俱在东汉，迄于晋宋，佛道两教并未发展如后世之势如水火，当时虽有老子化佛之说，揆其本意，乃为方便释道间之相互承认，汤锡予先生《汉魏两晋南北朝佛教史》"太平经与化佛说"条论之甚明。此以"留秦"代表佛教，秦乃西域对中国之称呼，旧译独用此字，或别有寓意，则简寂之举与玉皇相对，更非偶然者矣。

不特陆简寂不以像教为非，门弟子中亦多兼习佛道者，《南齐书》卷41张融传云："张融，字思光，吴郡吴人也。……融年弱冠，道士同郡陆修静以白鹭羽麈尾扇遗融，曰：此既异物，以奉异人。"此见张思光早为陆简寂所赏识，传又云："建武四年，病卒。年五十四。遗令建白旐无旒，不设祭，令人捉麈尾登屋复魂，曰：吾生平所善，自当凌云一笑。三千买棺，无制新衾。左手执《孝经》《老子》，右手执小品《法华经》。"思光又作《门律》（载《弘明集》卷6），开宗明义即言："吾门世恭佛，舅氏奉道。道也与佛，逗极无二，寂然不动，致本则同。"思光是否从修静受业，史载未明，而考张融为孔稚珪（德璋）外兄，二人情趣相得，语见《南齐书》卷48孔稚珪传，又见钟嵘《诗品》。德璋信道，事载本传，陆修静卒后德璋致书陆之高弟李果之（《云笈七签》卷5引李渤《真系》），以"先师"呼陆，又作《陆先生传》一卷，文虽不传，尚见隋志史部杂传类著录。由是观之，张思光既经陆简寂品题在先，复与孔德璋交游在后，则张与陆必有思想之一致性。至于孔德璋，既入修静之室，崇尚道法自不待言，而其于佛教亦不以为全非，《弘明集》卷11载其答萧司徒（萧子良）书云：

> 民积世门业依奉李老，以冲静为心，以素退成行，迹蹈万善之渊，神期至顺之宅。民仰攀先轨，自绝秋尘，而宗心所向，犹未敢坠。至于大觉明教，波若正源，民生平所崇，初不违背。常推之于至理，理至则归一。置之于极宗，宗极不容二。自仰秉明公之训，凭接明公之风，导之以正乘，引之以通戒，使民六滞顿祛，五情方旭，回心顶礼，合掌愿持。民斋敬归依，早自净信，重律轻条，素已半合。所以未变衣钵，眷眷黄老者，实以门业有本，不忍一日顿弃。……民之愚心，正执门范，情于释老，非敢异同。始和追寻，民门昔尝明一同之义经，以此训张融，融乃著通源之论，其名少子，少子所明，会同道佛。融之此悟，出于民家。民家既尔，民复何碍。始乃迟迟执迹，今辄兼敬以心。一不空弃黄老，一则归师正觉。

由此益可见陆简寂所传之教，乃在调和佛道，因知陆答九江王语"在佛为留秦，在道为玉皇，斯亦殊途一致耳"，确属可信。

王公又有不闻道家二世之问，陆答云云，语俱见前。二世即三世，过去、现在、未来也。佛教之三世乃以今日之我为核心，我生之前之我为过去之我，我死以后之我为未来之我。由三世而生因果之说，现在种种皆前世之果，未来种种之因在今生。而中国本土素无此概念，乃以生我、我生，即宗族之祖父孙为三世。《曲礼》"去国三世"，郑康成注："三世，自祖至孙。"故道教有承负之论，即《太平经》

所言今之疾疫祸乱，皆缘先人积恶。二教观念既有差别，智慧如陆简寂，亦只能曲解老庄作诘辩之辞矣。王公之问其尖锐程度固远不能及其后形神生死之争，但仍切中肯綮，此问实开南北朝佛道论争之先。

读《神灭论》

范缜（子真）在《梁书》虽入儒林传中（《南史》则在卷57范云传后附从兄缜），而读其《神灭论》结句云：

> 若陶甄禀于自然，森罗均于独化。忽焉自有，恍尔而无，来也不御，去也不追，乘夫天理，各安其性。小人甘其垄亩，君子保其恬素。耕而食，食不可穷也；蚕而衣，衣不可尽也。下有余以奉其上，上无为以待其下，可以全生，可以匡国，可以霸君，用此道也。

则见其所主匡国霸君之道，实李老之道，非孔儒之道，故颇疑其之所以辟佛，非只出于儒家正统，亦在为道家张目。比阅陈寅恪先生《陶渊明之思想与清谈之关系》，乃知陈已先有此论，陈云："尝考两晋南北朝之士大夫，其家世夙奉天师道者，对于周孔世法本无冲突之处，故无赞同或反对之问题，唯对于佛教，则可分为三派。一为保持家传之道法而排斥佛教，其最显著之例为范缜，其神灭之论震动一时，今观僧祐《弘明集》第捌、第玖两卷所载梁室君臣往复辨难之言说，足

读《神灭论》

罗浮山葛稚川丹灶

征子真守护家传信仰之笃至矣。"然范子真一力主张之神灭，于道教意义究竟云何，陈先生之论未予揭出，爰书浅见如次。

形神生死问题是任何宗教所不能回避者，即所谓"我生之前谁是我，我死以后我是谁"，前一命题或佛家专有，后一命题死后之我归于何所，释迦、基督皆有天堂、地狱之设，而早期道教于此则稍有特殊，如前条所论三世因果轮回之说出于释典，中土素无此观念。先秦时代，除墨子有明鬼之论外，庄生曾提出过一种关于死亡现象之解释，即齐物论梦蝶之喻，所主张则是"不知说生，不知恶死"，齐物我，一死生而已，其迹实不与宗教相侔。汉魏以后之本土人士不论其学术流派、宗教信仰如何不同，于孔子"未知生，焉知死"之论则是根深蒂固者，于死后之世界存而不论者居多，偶有涉及，亦颇语焉不详。晚出之道教，既根植于汉武帝独尊儒术之社会文化大环境，又复吸收老庄之哲学观念，故早期道经于死后之事亦少有专论。《太平经》劝人为善，福祉所泽，乃兆身之后世血亲；葛稚川倡言为道需积善立功，所利益者亦仅自己之身；直至陆简寂，亦不得不曲解三世因果，说见上条。故可断言，早期道教确未如佛教般认真考虑过死后之世界，此盖与道教信仰之特殊性有关。

道教信仰固未脱离其他宗教所关心之生死大事，唯其由方仙道所继承之长生炼养方术使肉身不死成为可能，则死后之一切，无论上天或坠地，皆非道教徒所关心者矣。此即葛玄《老子序》所称"道主生（肉身我之永生），佛主死（精神我之泥洹）"（《广弘明集》卷9甄鸾《笑道论》所引）。然事实证明，无论金丹大药、行气导引、房室采补，欲求肉身不灭，终为梦幻泡影，为掩盖其失败，道教乃又有尸解羽化诸说。比像法西来，视肉身为败革敝屣，求精神之无余泥洹，其影响力固在追求白日飞升、肉身成圣诸道教信徒之上，故两晋之际，乃有道教人士对仙道理论进行反思，葛稚川即其代表。稚川作《抱朴子内篇》穷二十卷篇幅反复辩难，力证神仙实有、神仙无种、神仙可学，其中重要命题之一即是神依形而存，形坏则神灭，《抱朴子内篇·至理》云：

> 夫有因无而生焉，形须神而立焉。有者，无之宫也；形者，神之宅也。故譬之于堤，堤坏则水不留矣。方之于烛，烛糜则火不居矣，身劳则神散，气竭则命终。根竭枝繁，则青青去木矣。气疲欲胜，则精灵离身矣。夫逝者无反期，既朽无生理，达道之士，良所悲矣。

读《神灭论》

可见神灭之论不始于范子真也。细绎葛稚川形神一元之言,倘神能游离于形之外,不随形朽坏,则死无所惧,以神存故。死既无所惧,则仙不必学。由是知道教既然相信肉身(形)可以永恒,就必不能同意精神(神)能够独存。亦由是知范子真之《神灭论》虽未必尽出道家立场,而所断断论辩者,确在为道教张目也。

天监六年梁武帝重议神灭本事钩沉

《神灭论》之著作年代，《梁书》《南史》无异辞，并谓成于齐永明中范缜（子真）在西邸时，故《梁书·范缜传》云："此论既出，朝野哗然，（萧）子良集僧难之而不能屈。"《南史》因之，又增太原王琰著论讥之，及萧子良遣王融说范缜卖论取官两事。考王融凶死在永明十一年（493），则《神灭论》作于齐代应无疑义。

1947年胡适之撰《考范缜发表神灭论在梁天监六年》，文刊当年之《大公报·文史周刊》，胡适据《弘明集》卷10临川王萧宏等62人答法云书之结衔，详考右卫将军韦睿、领军将军曹景忠、右仆射袁昂、尚书令沈约、吏部尚书徐勉、光禄领太子右率范岫（胡适引《梁书》卷26范岫传作："六年，领太子右卫率。"今据《梁书》实为"太子左卫率"）、太子詹事王茂七人职官升转年月，认定"梁武帝手敕驳斥（范缜），六十二人答法云启，都在天监六年闰十月至十二月之间"。并得出结论，齐永明时范缜仅以口头语言驳斥萧子良因果之论，而《神灭论》之正式文本发表于梁天监六年（507）。此论既出，颇为时议所许可，此后诸贤著作凡涉及《神灭论》者，纷纷弃正史记载，而从适之天监六年之说。平心论之，胡适考证《弘明集》卷9、卷10所载有

乾隆大藏经《弘明集》书影

关《神灭论》争论文字出于天监六年，其说甚为精审，然径将范缜《神灭论》指为天监六年之作，诚有未安。

梁武帝虽崇信大慈之教，而其个人性格则刻忌寡恩，观《梁书·沈约传》即知梁武之为人。自天监三年（504）梁武帝舍道入佛，宣布道教为邪伪，并敕令"公卿百官侯王宗室，宜反伪就真，舍邪入正"（见《法苑珠林》卷55舍邪归正）之后，朝臣鲜有敢为佞佛事建言者，兹引汤用彤《汉魏两晋南北朝佛教史》所揭出之两事为说。郭祖琛因武帝"溺情内教，朝政纵弛"，乃舆榇上书，请沙汰僧尼，见《南史》卷70循吏传。又有荀济，与梁武帝为布衣之交，亦因不满梁武痴迷佛法，营费太甚，上书讥之，武帝将诛之，济乃惧而奔魏，事载《北史》卷83文苑传。汤锡予先生作总结之辞云："上奏须舆榇，可见其触犯忌讳之深也，由此亦可知朝士谤法者少也。"范缜虽"性质直，好危言高论"（《梁书·范缜传》），倘其于天监六年冒昧上言"浮屠害政，桑门蠹俗"（《神灭论》），以前引荀济之例衡之，梁武帝恐未必念及西邸旧谊，子真必不能全身而退矣。故事，王亮与梁武帝亦是西邸旧交，萧梁革命，亮屡忤武帝，帝怒，削爵废亮为庶人，缜亦与亮有旧，稍思建言，乃坐徙广州（《梁书》卷16王亮传），此不仅可见梁武帝之刻薄少恩，亦可证实若范缜天监六年上书辟佛，必不会为武帝原囿。故颇疑天监时梁武帝使臣下议论神灭，乃是旧事重提，目的不为打击范缜，其动机在于重申崇佛灭道之决心，并令朝臣逐一表明态度，实不必据此将《神灭论》之著作时间强说为天监六年也。

天监六年重议《神灭论》之诏并诸臣论文《弘明集》卷9、卷10载之甚详，计：

> 萧琛难范缜神灭论并序
> 曹思文难范中书神灭论
> 曹思文进难范缜神灭论启
> 梁武帝诏答
> 范缜答曹录事难神灭论
> 曹思文进重难范中书神灭论启
> 梁武帝诏答
> 曹思文重难范中书神灭论（以上卷9）
> 大梁皇帝敕答臣下神灭论
> 庄严寺法云法师与公王朝贵书
> 公王朝贵六十二人答法云书（以上卷10）

此外，沈约有《难范缜神灭论》，载《广弘明集》卷22。今试析其次第，并略论其背景。

梁武帝于范缜旧作《神灭论》又兴波澜，恐出自曹思文告讦，理由如次。梁武帝之诏《弘明集》标题为"大梁皇帝敕答臣下神灭论"，而法云与公王朝贵书，及诸人答法云书中称"敕答臣下审神灭论"者有建安王萧伟、长沙王萧渊业等41人之多，此外，王僧孺作"答群臣仰咨神灭论"、蔡樽作"答咨神灭论"亦是此意，司马褧称"惠示敕难灭性论"，应即"难神灭论"之讹。而称"敕答臣下神灭论"者仅9人，因知梁武帝敕书之全名确为"敕答臣下审神灭论"，其"敕答臣下神灭论"乃是省称。"敕答臣下神灭论"与"敕答臣下审神灭论"虽只一字之差，意义迥别。前一标题所答之臣下为范缜，所欲讨论之文章为《神灭论》；后一标题所答之臣下为《审神灭论》之作者，无论其为何人，但绝非范缜。"审"，察也，辨也，则此《审神灭论》应是辩驳《神灭论》之作无疑，《审神灭论》之作尚在梁武帝下诏臣下讨论之先。

诸公王朝贵答法云书之首句皆云："伏见敕答臣下审神灭论"云云，独曹思文与法云书例外，曹书云：

> 辱送敕书，弟子适近亦亲奉此旨。范中书遂迷滞若斯，良为可慨。圣上深惧黔黎致惑，故垂折衷之诏。此旨一行，虽复愚暗之识，了知神不灭矣。弟子近聊就周孔以为难，今附相简，愿惠为一览之。折其诡经，不寻故束。展此，不多白。弟子曹思文和南。

按曹此时结衔为"东宫舍人"，官卑职微，而能亲奉敕书，则其与此事之亲密程度自不待言，梁武帝所答之臣下，应即是曹。

曹书云"弟子近聊就周孔以为难，今附相简，愿惠为一览之"，明在法云致书公王朝贵之先，曹思文已先有论文驳《神灭论》。检曹著《难范中书神灭论》不用佛理驳缜，而举《孝经》"周公郊祀后稷以配天，宗祀文王于明堂以配上帝"。又引宣尼云云，与曹所言"折其诡经，不寻故束"正符。则曹思文随此函所附呈之论文应是《难范中书神灭论》。

复考结衔，曹答法云书作"东宫舍人曹思文"，而范缜答难神灭论则称"曹录事"。据《通典》卷37职官19梁官品，"东宫通事舍人"为一班，"录事"一职虽语有未详，其最高可至七班之"皇弟皇子庶子府中录事"，低为二班之"庶姓持节府录事"，梁制以班多者为贵，无论曹思文情况如何，至少可明一事，曹上书梁武帝后，官秩有升转，其答法云书作于范缜答难神灭论之前。

综上，曹思文官卑职微，既能亲奉武帝"敕答臣下审神灭论"之旨，而不待法云转告，又复于论辩期间升职，皆应是告讦有功所致。复取曹著《难范中书神灭论》与梁武帝"答臣下（审）神灭论"敕书对观，则尤知曹在整个《神灭论》论辩中之关键地位，其《难范中书神灭论》即是武帝所称之《审神灭论》。《弘明集》卷9载曹思文《进难范中书神灭论启》云：

> 思文启。窃见范缜《神灭论》自为宾主，遂有三十余条，思文不惟暗蔽，聊难论大旨二条而已，庶欲以倾其根本。谨冒上闻。但思文情用浅匮，惧不能微折诡经，仰渎天照，伏追震悸。谨启。

曹驳范虽只两事，约言之即辟佛与非孝，而此正武帝所最关心者。关于神灭与否，乃涉及三世因果理论能否成立之关键，故曹以此入说，欲动摇其根本。曹论之第二条则利用范论云："问者曰：经云，为之宗庙，以鬼飨之。通云：非有鬼也，斯是圣人之教然也，所以达孝子之心，而厉渝薄之意也。"直接斥责范缜蔑圣非孝，措辞亦极严厉，谓范论若成立，则不仅周公"既其欺天矣，又其欺人也。斯是人之教，教以欺妄也"。而且"夫子之祭祀也，欺伪满于方寸，虚假盈于庙堂"。梁武帝批答虽仅一句："所难二条，当别详览也。"而其关于《神灭论》之详细意见则发表于"敕答臣下审神灭论"中，梁武帝云：

> 位现致论，要当有体。欲谈无佛，应设宾主，标其宗旨，辨其短长，来就佛理以屈佛理，则有佛之义既踬，神灭之论自行。岂有不求他意，妄作异端，运其隔心，鼓其腾口，虚画疮疣，空致诋呵。笃时之虫惊疑于往来，滞鳖之蛙河汉于远大。其故何也，沦蒙怠而争一息，抱孤陋而守井干。岂知天地之长久，溟海之壮阔。孟轲有云：人之所知不如人之所不知。信哉。观三圣设教，皆云不灭，其文浩博，难可具载，止举二事，试以为言。《祭义》云：惟孝子为能飨亲。《礼运》云：三日斋，必见所祭。若谓飨非所飨，见非所见，违经背亲，言语可息。神灭之论朕所未详。

梁武之诏以谩骂成分居多，而于神灭问题，梁武亦不能答，但斥范缜既欲辟佛，则应"就佛理以屈佛理"，而不必以神灭入说，"妄作异端"，"空致诋呵"而已。至于曹思文所揭出之第二项问题，武帝乃据《祭义》与《礼运》补充两条证据。疑曹思文将《难范中书神灭论》上呈梁武帝时，标题为《审范中书神灭论》，以示谦谨，即审查而非定谳，梁武帝阅后乃将《神灭论》定性为"异端"，属"违经背亲"之作。

武帝"敕答臣下审神灭论"之诏除发给曹思文外,《续高僧传》卷5法云传云:"中书郎范缜(原文作纟真,疑宋人避讳所改)著《神灭论》,群僚未详其理,先以奏闻,有敕令(法)云答之,以宣示臣下,(法)云乃遍与朝书。"(此言"群僚未详其理,先以奏闻",其奏闻之人当如前所说即曹思文。)复检沈约与法云书云:"近(慧)约法师殿内出,亦蒙敕答臣下一本,欢受顶戴,寻览忘疲。"乃知此敕并未直接宣示群臣(62份答法云书中,明确表示预先得见此旨者,除当事人曹思文外,仅沈约、徐勉两人),而是先示草堂寺慧约与庄严寺法云法师。慧约赞叹而已,似未有进一步举动,法云则奉旨作书遍告公王朝贵,令其逐一表态,此即法云"与公王朝贵书"所谓之"希同挹风猷,共加弘赞"。

法云计收到答函62份,诸公一方面赞叹当今圣上"天识昭远,圣情渊察"(建安王萧伟语),更重要者则在表明立场。如王志自称"弟子夙奉释教";徐绲"归向早深,倍兼抃悦";王茂"夙昔栖心,本凭净土";王仲欣"栖心法门,崇信大典";王筠"世奉大法,家传道训";张缅"少游弱水,受戒樊邓,师白马寺期法师,屡为谈生死之深趣,亟说精神之妙旨";陆琏"门宗三宝,少奉道训"等。又附和武帝佛儒兼弘之意,如言:"二教道叶于当年,三世栋梁于今日。"(临川王萧宏)"岂徒伏斯外道,可以永摧魔众。孔释兼弘,于是乎在。"(沈约)"妙测机神,发挥礼教。实足使净法增光,儒门敬业。"(萧琛)"辩三世则释义明,举二事则孝道畅。"(彬缄)"中外两圣影响相符。"(柳恽)"圣上愍此四生方沦六道,研校孔释共相提证。"(庾咏)"义证周经,孝治之情爱著;旨该释典,大慈之心弥笃。"(萧靡)"近照性灵之极,远明孝德之本"（司马筠）。

在书答法云后不久，萧琛率先作《难范缜神灭论并序》，据《梁书·范缜传》琛为缜外弟，不仅如此，缜"性质直，好危言高论，不为士友所安，唯与外弟萧琛相善，琛名曰口辩，每服缜简诣"。为了摆脱干系，表明立场，萧琛致法云书言辞甚为激动，云：

> 弟子琛和南。辱告。伏见敕旨所答臣下审神灭论，妙测机神，发挥礼教，实足使净法增光，儒门敬业。物悟缘觉，民思孝道。人伦之本于兹益明，诡经乱俗不扔自坏。诵读藻抃，顶戴不胜。家弟暗短招怒，今在比理公私，前惧情虑，震越无以。仰赞洪谟，对扬精义，奉化闻道，伏用竦怍。睠奖罩示，铭佩仁诱。弟子萧琛和南。

其《难范缜神灭论序》云：

> 内兄范子真著神灭论，以明无佛，自谓辩摧众口，日服千人。予意犹有惑焉。聊欲薄其稽疑，询其未悟。论至今所持者形神，所讼者精理。若乃春秋孝享，为之宗庙，则以为圣人神道设教，立礼防愚。杜伯关弓，伯有被介，复谓天地之间自有怪物，非人死为鬼。如此便不得诘以诗书，校以往事，唯可于形神之中辩其离合。脱形神一体，存灭周异，则范子奋扬蹈厉，金汤邈然。如灵质分途，兴毁区别，则予克敌得俊，能事毕矣。又予虽明有佛，而体佛不欲俗同尔，兼陈本意，系之论左焉。

萧琛之《难范缜神灭论并序》尚作于范缜《答曹录事难神灭论》

之前，故范缜《答曹录事难神灭论》有云："外弟萧琛亦以梦为文句甚悉，想就取视也。"今观其所作，的确才辩纵横，而细绎论末有关佛教数语，则颇与范缜《神灭论》同调，唯范直白，萧委婉而已。萧琛云：

> 今守株桑门，迷脊俗士，见寒者不施之短褐，遇饥者不锡以糠豆，而竞聚无识之僧，争造众多之佛，亲戚弃而弗眄，祭祀废而不修。良缯碎于刹上，丹金縻于塔下。而谓为福田，期以报业。此并体佛未深，解法不妙，虽呼佛为佛，岂晓归佛之旨，号僧为僧，宁达依僧之意。

值得注意者是范缜《答曹录事难神灭论》，此文固为天监六年答辩之作，而其言辞颇为混乱，与前作之《神灭论》层次分明迥然不同，既不敢遵奉武帝之旨"就佛理以屈佛理"，又不忍放弃神灭之说而作违心之语，故只能针对曹思文来论就事论事而已。论中"蛮驱"一喻，比拟不伦，范云：

> （曹）难曰：形非即神也，神非即形也，是合而为用者也。而合非即也。
>
> （范）答曰：若合而为用者，明不合则无用，如蛮驱相资，废一则不可。此乃是灭神之精据，而非存神之雅决。子意本欲请战，而定为我援兵耶。

按范缜所主张者本是形神一元，即《神灭论》所说"神即形也，形即神也，是以形存则神存，形谢则神灭也"。而诸论者皆主形神二元之说。范以"蛮驱"喻形神，因"蛮驱"本为二物，虽废一不可，能取喻者恰是曹思文之形神二物"合而为用",而非缜所主之形神一物,废一不可。此属自语相违,论家大忌,此见范缜方寸已乱,故曹思文《重难范中书神灭论》云:

> 蛩蛩驱骥是合用之证耳,而非形灭即神灭之据也。何以言之,蛩非骥也,骥非蛩也。今灭蛩蛩而驱骥不死,斩驱骥而蛩蛩不亡,非相即也。今引此以为形神俱之精据,又为救兵之良援,斯倒戈授人,而欲求长存也。悲夫,斯即形灭而神不灭之证也。

曹思文得范缜《答曹录事难神灭论》后又作《重难范中书神灭论》驳之,论成仍上呈武帝,启及梁武帝批答云:

> 思文启。始得范缜答神灭论,犹执先迷。思文试料其理致,冲其四证,谨冒昧奏闻。但思文情识愚浅,无以折其锋锐,仰尘圣鉴,伏追震悚。谨启。
>
> 具一二。缜既背经以起义,乖理以致谈,灭圣难以圣责,乖理难以理诘。如此则言语之论略成可息。

按此批答于范缜所下考语可归结为"狂悖"二字,即今言之"疯人疯话,不可理喻",其结句"言语之论略成可息",乃就此结案,并隐含不再追究之意。

至于沈约《难范缜神灭论》作于何时,说者有二,陈庆元《沈约集校笺》将此论定为天监六年之作,罗国威《沈约任昉年谱》则系于齐永明五年。今按沈约答法云书有云:"弟子亦即彼论,微历疑覈,比展具以呈也。"是沈约之作在致书法云之先，又据《弘明集》不载此文，则罗说作于永明时，应属可信。

最后可对此次《神灭论》风波略作总结，天监六年东宫舍人曹思文上书梁武帝，举告范缜旧作《神灭论》辟佛非孝，武帝览奏，乃升曹为录事，复作"敕答臣下审神灭论"，通过法云遍示臣下讨论，公王朝贵62人皆表示拥护，缜外弟萧琛率先作《难范缜神灭论并序》，以示划清界限，范缜复作答辩之辞，言语混乱，曹又作《重难范中书神灭论》驳之，最后武帝将范缜之论定性为"背经以起义，乖理以致谈"之"异端"，从而结束此次争论。

《夷夏论》补苴

正统道藏《真诰》书影

顾玄平《夷夏论》载《南齐书》卷54高逸传，又见《南史》卷75隐逸传上，文字略同，严铁桥据以录入《全齐文》卷22。此论看似全帙，然详核《弘明集》卷6、卷7诸家驳议文字所引《夷夏论》，则知二史于顾论亦有芟落也，爰补苴如次，其异文之重要者亦随文附论。

"道经云老子入关"句，中华本《南史》校勘记引王鸣盛《十七史商榷》以为"入关"当作"出关"。按"出关"之说虽于义为长，然《弘明集》卷8明徵君（僧绍）《正二教论》引顾亦作"老子入关"，又《广弘明集》卷9甄鸾《笑道论》引《玄妙篇》同，则知顾欢本论作此。复检《弘明集》卷8刘勰《灭惑论》

引《三破论》云"老子入关，故作形像之教化之"，是可见当时人述老子西行事迹习称"入关"也。《南齐书》此句全文为：

> 道经云：老子入关之天竺维卫国，国王夫人名曰净妙，老子因其昼寝，乘日精入净妙口中，后年四月八日夜半时，剖左腋而生，坠地即行七步，于是佛道兴焉。此出《玄妙内篇》。佛经云：释迦成佛，有尘劫之数。出《法华》《无量寿》，或为国师道士，儒林之宗，出《瑞应本起》。

《正二教论》"行七步"句后多"举手指天曰，天上天下唯我为尊，三界皆苦何可乐者"廿一字。"此出玄妙内篇"句作"事在玄妙内篇，此是汉中真典，非穿凿之书"为双行夹注。"出瑞应本起"句作"此皆成实正经，非方便之说也"亦复双行小字。按《正二教论》专为驳顾而作，绝无可能相信化胡之说，故《正二教论》驳云："言不经圣，何云真典乎"，此可证明"汉中真典"云云乃顾论原文。

"全形守礼，继善之教。毁貌易性，绝恶之学"句，《正二教论》引顾、朱昭之《难顾道士夷夏论》引顾并作"全形守祀，继善之教。毁貌易姓，绝恶之学"，谢镇之《折夷夏论》亦作"全形守祀"。按道教主张全形长生，故能宗祀不绝，佛教出家，废姓称释，故作"守祀"、"易姓"为是。

"佛经繁而显，道经简而幽。幽则妙门难见，显则正路易遵"句后，朱广之《疑夷夏论咨顾道士》引顾有"遵正则归途不迷，见妙则百虑咸得"。

《夷夏论》补苴

慧通《驳顾道士夷夏论》引顾有"大道既隐,小成互起,辩讷相倾,孰与正之"句,明僧绍《正二教论》亦有此句。

此外,朱昭之、朱广之、慧通引顾并有"残忍刚愎则师佛为长,慈柔虚受则服道为至",不见于二史。"残忍刚愎"句后,朱昭之引顾复有"八象西戎,诸典广略";"以国而观,则夷虐夏温";"博弈贤于慢游,讲诵胜于戏谑"三句,亦不见于二史。

又有需辨明者,《广弘明集》卷7云:

> 顾欢,吴郡人,以佛道二教互相非毁,欢著《夷夏论》以统之,略云:在佛曰实相,在道曰玄牝。道之大象,即佛之法身。佛则在夷,故为夷言,道既在华,故为华语。独立不改,绝学无忧。旷劫诸圣,共遵斯一。老释未始分,迷者分未合。亿善遍修,修遍成圣,虽十号千称,终不能尽。

按此称《夷夏论》,实非。此乃《南齐书》顾论后所附孟景翼《正一论》中文句,道宣律师读史未细,误为顾论者。

《夷夏论》著作时间

顾玄平《夷夏论》之作，二史未载时间，佛书则有两种说法，宋释志磐《佛祖统纪》卷54系此事于宋明帝时，卷36云："泰始三年（467）逸士顾欢作夷夏论，以佛道二教齐乎达化而有夷夏之别，欢虽同二法，而意党道教，司徒袁粲托沙门通公为论以驳之。"元释念常《佛祖通载》卷9则系于齐永明九年（491）。两说皆误，今详按诸与论者情况，或能作出大致推断。

《南齐书》云："欢虽同二法，而意党道教，宋司徒袁粲托为道人通公驳之。"据《宋书》卷89袁粲传，袁本名愍孙，宋明帝泰始元年（465）始改名为粲，字景倩，后废帝元徽二年（474）进位司徒，昇明元年（477）攻萧道成，兵败见诛。"道人通公"疑即冶城寺沙门慧通，《高僧传》卷7宋京师冶城寺释慧通传云：

> 释慧通，姓刘，沛国人，少而神情爽发，俊气虚玄，止于冶城寺，每麈尾一振，辄轩盖盈衢。东海徐湛之、陈郡袁粲，敬以师友之礼。孝武皇帝厚加宠秩，敕与海陵、小建平二王为友。袁粲著《蘧颜论》示通，通难诘往反，著文于世。又制《大品》《胜鬘》《杂心》《毗

昙》等义疏，并《驳夷夏论》《显证论》《法性论》及《爻象记》等，皆传于世。宋昇明中卒，春秋六十三矣。

今《弘明集》卷7亦载慧通《驳顾道士夷夏论》。由此可定顾玄平之《夷夏论》必作于元徽二年（474）以后，昇明元年（477）之前也。至于其他著论驳顾者，除《戎华论》作者广陵僧愍不可考外，其余皆活动于宋齐之际，与前说并无抵牾。今更据二史及《弘明集》列诸与论者名单并相关事迹如后。

顾欢所作至少三文，除《夷夏论》及《答通公驳夷夏论》载见二史外，据朱昭之《难顾道士夷夏论》云："谢生亦有参差，足下攻之已密且专。"朱广之《疑夷夏论咨顾道士》云"见与谢常侍往复夷夏之论"，又谢镇之《重书与顾道士》云："余以三才均统，人理是一，俗训小殊，法教大同。足下答云，存乎周易，非胡书所拟。"知顾别有《答谢镇之书》，其文已佚。

谢镇之有《书与顾道士》及《重书与顾道士》二文，并见《弘明集》卷6。谢生平不可考，据朱广之《疑夷夏论咨顾道士》，知谢于宋末为散骑常侍。又《佛祖统纪》卷54则称"常侍何镇之"，恐误。

明僧绍作《正二教论》，二史引其大略，全文载《弘明集》卷6，标题后小字云："道士有为《夷夏论》者，故作此以正之。"明乃当时在家居士事佛之虔诚者，生前从沙门僧远游，既卒舍所居山为栖霞精舍，延沙门法度居之，见《高僧传》卷8。

朱昭之作《难顾道士夷夏论》，见《弘明集》卷7。昭之二史无传，其子谦之传见《南齐书》卷55孝义，云："幼时顾欢见而异之（指谦

梁普通四年释迦造像龛

之之兄选之），以女妻焉。"证以《梁书》卷 38 朱异传，则知朱昭之与顾欢为亲家。

朱广之作《疑夷夏论咨顾道士》，见《弘明集》卷 7。广之亦无传，事迹见《南史》顾传中："（欢）著《三名论》以正之，尚书刘澄、临川王常侍朱广之，并立论难，与之往复，而广之才理尤精诣也。广之字处深，吴郡钱唐人也，善清言。"《南史》卷 42 齐高帝诸子传又云："（永明五年）武帝尝问临川王映居家何事乐，映曰：政使刘瓛讲礼，顾则讲易，朱广之讲庄老。"此可见朱广之亦是道家者流。

释慧通作《驳顾道士夷夏论》，见《弘明集》卷 7，通传见前。至于《南齐书》谓"宋司徒袁粲托为道人通公驳之",二史所载文字与《弘明集》中慧通驳论无一字同,此或系袁粲自作,而托通公之名,或系慧通另作者,不能确考。

广陵释僧愍作《戎华论》,见《弘明集》卷7,僧愍事迹无考,《广弘明集》卷21有建业寺僧愍咨二谛义,然昭明太子萧统咨二谛事距夷夏之争垂五十年,建业僧愍恐非广陵僧愍。

二史顾传内又载道士孟景翼答齐竟陵王萧子良之《正一论》,及张融与周颙《门律》之争,此皆不因顾论而发,唯其主题亦涉及佛道二教本末高下,故二史附录入顾传中。

夷夏之辩

"欢虽同二法，而意党道教"，《南齐书》以此十字考语评价《夷夏论》，诚颠扑不破者。然顾论于释道二法，所同者云何，于老子之教，所党者又云何，则需具论。

顾玄平是由儒而入道者，幼从邵玄之习五经文句，及长从雷次宗咨玄儒诸义，及其晚年，雅好服食，事黄老道，解阴阳书，《南史》载其轶事，堪为玄平融合儒道之证明：

> 有病邪者问欢，欢曰：家有何书？答曰：唯有《孝经》而已。欢曰：可取仲尼居置病人枕边恭敬之，自差也。而后病者果愈。后人问其故，答曰：善禳恶，正胜邪，此病者所以差也。

儒道而外，玄平于佛法似亦有所涉猎，每自称"居士"，《真诰》中陶弘景呼顾悫作"顾居士"，故僧愍《戎华论》讥之云：

> 昔维摩者，内乘高路，功亮事外，龙隐人间，志扬渊海，神洒十方，理正天下，故乃迹临西土，协同幽唱，若语其灵变也，

则能令乾坤倒覆促延任意，若语其真照也，则忘虑而幽凝言绝者也，如此之人可谓居士，未见君称居士之意也。

顾作《夷夏论》之本意乃为息讼，即所谓"刻舷沙门，守株道士，交诤小大，互相弹射。或域道以为两，或混俗以为一。是牵异以为同，破同以为异。则乖争之由，淆乱之本也"。其主张亦在调和佛道，乃至认为二教之根本大义并无违背，故云"道则佛也，佛则道也"。按此与年代稍前之陆修静语"在佛为留秦，在道为玉皇，斯亦殊途一致耳"，年代略晚之张融《门律》语"道之与佛，逗极无二"，孟景翼《正一论》语"在佛曰实相，在道曰玄牝，道之大象，即佛之法身"，如出一辙，皆代表宋齐道教人士对佛教教义之认同。而堪注意者，道士虽认同佛理，而佛徒则以道教经义为非，不特诸家于顾"道则佛也，佛则道也"之论痛下贬辞，张融与周颙书亦云："汝可专尊于佛迹，而无侮于道本。"是可见当时道教欲与佛教认同，而佛教凛然坚拒，则佛教势力必居道教之上也。

佛教既不欲认同道教，道教则转以攻击为主，《夷夏论》正处于此一转折时期，故其于佛教之根本大义无间言，断断辩驳者皆在轨仪制度，其目的固在尊道卑佛，而立论不由道教经典，转用儒家尊王攘夷之正统观念，其寓意乃在唤起儒家之同情与支持，亦使论敌难于措言辞也。

客观而言，夷夏之辩，难称高论，而透过诸对立面驳议之辞，颇能揭示早期道教作为宗教尚存在若干缺陷之处，举其大者有四。

第一，张陵立教，奉老子为最高神明，而以羽化登仙为终极目标，然老子思想与神仙观念固有不可调和处。老庄哲学清虚内守，自然无为，皆视生死为旦夜之常理，《老子》云："天地所以能长且久者，以其不自生，故能长生。是以圣人后其生而生先，外其身而身存。"又云："吾所以有大患者，为吾有身，及吾无身，吾有何患。"《庄子·大宗师》云："死生，命也。其有夜旦之常，天也。"又云："古之真人，不知说生，不知恶死"，"以生为附赘悬疣，以死为决疴溃痈"。其宗旨确不与神仙家所主肉身之长生久视相侔。老庄与神仙学说之矛盾，葛洪已先有注意，故其在《抱朴子·内篇》中谓老子"五千文虽出老子，然皆泛论较略耳"。讥庄生"贵于摇尾涂中，不为被网之龟，被绣之牛，饿而求粟于河侯，以此知其不能齐死生也"。然至刘宋时期，老子之教主地位既已确定，其思想更成为"绝对真理"，不能动摇，善辩如顾玄平，亦只能曲作回护之辞，而诸驳论者则纷纷引老庄之说抨击神仙之论，是所谓以子之矛攻子之盾者。

明僧绍云："道家之旨，其在老氏二经（指《道德经》）；敷玄之妙，备乎庄生七章（指《庄子内篇》）。而得一尽灵，无闻形变之奇；彭殇均寿，未睹无死之唱。故恬其天和者，不务变常；安时处顺，夫何取长生。"

关于老子思想，张舜徽先生《周秦道论发微》云："道德之旨，归于无为，无为之用，系于人生。其术以虚无为本，以因循为用，《汉志》所谓此君人南面之术也，一言尽之矣。"明僧绍之论尤属深刻：

> 老子之教，盖修身治国，绝弃贵尚，事正其分。虚无为本，柔弱为用。内视反听，深根宁极，浑思天元，恬高人世，皓气养和，

失得无变，穷不谋通，致命而俟，达不谋己，以公为度。此学者之所以询仰余流，而其道若存者也。安取乎神化无方，济世不死哉。其在调霞羽蜕，精变穷灵，此自缮积前成，生甄异气，故虽记奇之者有之，而言理者弗由矣。

第二，为求肉身不死，道教徒作出种种技术上之努力，约言之有三：服食饵丹、行气导引、房室采补，诸术无不用其极，而终缺乏成功之实例，或操作可行性之证明，故说服力远不及佛教泥洹理论。虽顾欢谓："泥洹仙化，各是一术。佛号正真，道称正一。一归无死，真会无生。在名则反，在实则合。"又辩解云："神仙有死，权便之说。神仙是大化之总称，非穷妙之至名。至名无名，其有名者二十七品，仙变成真，真变成神，或谓之圣，各有九品，品极则入空寂，无为无名。若服食茹芝，延寿万亿，寿尽则死，药极则枯，此修考之士，非神仙之流也。"而为慧通数语道破：

老子云：生生之厚，必之死地。又云：天地所以长且久者，以其不自生也。夫忘生者生存，存生者必死。子死道将届，故谓之切，其殊切乎。谚曰：指南为北，自谓不惑。指西为东，自谓不蒙。子以必死为将生，其何反如之。故潜居断粮以修仙术，仆闻老氏有五味之诫，而无绝穀之训矣。是以蝉蛾不食，君子谁重；蛙蟒穴藏，圣人何贵。且自古圣贤莫不归终，吾子独云不死，何其滥乎。故舜有苍梧之坟；禹有会稽之陵；周公有改葬之篇；仲尼有两楹之梦；曾参有启足之辞；颜回有不幸之叹。子不闻乎，岂谬也哉。

第三，道教经典及修炼技术杂而多端，教内尚相互攻讦，各执一说以为真理，此正授人以柄。论经典之伪作，谢镇之云："道家经籍简陋，多生穿凿，至如《灵宝》《妙真》，采撮《法华》，制用尤拙。及如《上清》《黄庭》，所尚服食，咀石餐霞，非徒法不可效，道亦难同。"慧通云："如昔老氏著述，文只五千，其余淆杂并淫谬之说也，而别称道经，从何而出，既非老氏所创，宁为真典。"又云："仆谓老教，指乎五千，过斯以外，非复真籍。而道文重显，愈深疑怪，多是虚托妍辞，空称丽句，譬周人怀鼠以贸璞，郑子观之而且退，斯之谓矣。"

论修炼技术之杂乱，慧通云："今学道反之，陈《黄书》以为真典，佩紫箓以为妙术，士女无分，闺门混乱，或服食以祈年长，或淫狡以为瘳疾。"明僧绍亦云：

> 今之道家所教，唯以长生为宗，不死为主，其炼映金丹，餐霞饵玉，灵升羽蜕，尸解形化，是其托术，验之而竟无睹其然也。又称其不登仙，死则为鬼，或召补天曹，随其本福，虽大乖老庄立言本理，然犹可无违世教。损欲趣善，乘化任往，忘生生存存之旨，实理归于妄，而未为乱常也。至若张葛之徒，又皆杂以神变化俗，怪诞惑世，符咒章劾，咸托老君所传，而随稍增广，遂复远引佛教，证成其伪，立言舛杂，师学无依，考之典义，不然可知，将令真妄浑流希悟者永惑，莫之能辩，诬乱已甚矣。

第四，东汉道教流派今所知者，以张角之太平道、张陵之天师道为大宗，两教之创立皆有极强之政治动机，太平道终于黄巾之变，天

夷夏之辩

师道在东晋时则有孙恩之祸,至于"妖贼"李弘起义,魏晋以来,尤不绝如缕。至刘宋时,士大夫阶层于道教长生法术或心向往之,而于其浓厚之反政府背景,终不免心有余悸。慧通论之结句最值得注意:

> 近者孙子猖狂,显行无道,妖淫丧礼,残逆废义,贤士同志而已,愚夫辄为回心。奸畴盈室,恶侣填门,墟邑有痛切之悲,路陌有懼苦之怨。夫天道祸盈,鬼神福谦,然后自招沦丧。

"孙子猖狂"云云,应指孙恩、卢循之祸,僧愍论又云:"首冠黄巾者,卑鄙之相也",此则隐指三张,据《广弘明集》卷8道安《二教论》服法非老云:

> 鲁既得汉中,遂杀张修而并其众焉,于汉为逆贼,戴黄巾,服黄布褐。……张角、张鲁等,本因鬼言汉末黄衣当王,于是始服之,曹操受命,以黄代赤,黄巾之贼至是始平。自此已来,遂有兹弊。至宋武帝,悉皆断之。至寇谦之时,稍稍还有。今既大道之世,风化宜同,小巫巾色,寔宜改复。且老子大贤,绝弃贵尚,又是朝臣,服色宁异。古有专经之学,而无服象之殊,黄巾布衣出自张鲁,国典明文,岂虚也哉。

辩论夷夏时,佛徒于此问题尚委婉其辞,比齐代为《三破论》兴讼,言语则毫不留情面矣,《弘明集》卷8玄光《辩惑论》斥道教"侠道作乱"云:

夫真宗难晓，声华易惑，缘累重渊岳，德轻风露。如黄巾等，鸢望汉室，反易天明，罪悉伏诛。次有子鲁，复称鬼道，神祇不佐，为野麇所突。末后孙恩，复称紫道，不以民贱之轻，欲图帝贵之重，作云响于幽窦，发妄想于空玄，水仙惑物，枉杀老稚，破国坏民，岂非凶逆。是以宋武皇帝惟之慨然，乃龙飞千里，虎步三江，掩扑群妖，不劳浃辰，含识怀欢，草木春光。

同卷刘勰《灭惑论》云：

是以张角、李弘，毒流汉季，卢悚、孙恩，乱盈晋末，余波所被，实蕃有徒。爵非通侯，而轻立民户，瑞无虎竹，而滥求租税。糜费产业，蛊惑士女，运屯则蝎国，世平则蠹民，伤政萌乱，岂与佛同。

皆直接指斥道教不宜于政治安定也。

顾玄平作《夷夏论》，既欲求佛道认同，而又标道尊佛卑，然道教既有此四弊，则不仅招释子一致反对，并诸信奉老庄者如二朱辈，亦不欲与顾同调，乃知宋齐之际儒释道三教论衡，道教最处弱势，良有已也。寇谦之、陆修静之清整道教，根源在此，而梁武帝之舍道入佛，或亦与此有关。

泥洹与仙化

宗教家以生死为第一要义，泥洹与仙化乃佛道二教寻求解脱之终极目标，二者实有本质之别。佛教以生为苦，轮回尤苦之大者，唯有入无余泥洹，方能得精神之常乐永净，此正佛家四谛"苦集灭道"之核心。道教生死观念从神仙家出，乐生恶死，以举形升虚，长生不死为追求。在道教而言，力主泥洹与仙化名异而实合，故《夷夏论》有云：

> 泥洹仙化，各是一术。佛号正真，道称正一。一归无死，真会无生。在名则反，在实则合。

朱昭之为顾姻亲，朱广之博通庄老，于此问题，观点亦与顾欢接近，昭之开宗明义即云，佛道所异只在"名形服之间耳"，广之则明确言："无生即无死，无死即无生，名反实合。"至于张融、孟景翼调和之论，已见前条，不烦两载，比至梁代陶隐居亦有如此思想，其《答朝士访仙佛两法体相书》云：

> 仙是铸炼之事极，感变之理通也。当埏埴以为器之时，是土

而异于土，虽燥未烧，遭湿犹坏，烧而未熟，不久尚毁。火力既足，表里坚固，河山可尽，此形无灭。假令为仙者，以药石炼其形，以精灵莹其神，以和气濯其质，以善德解其缠。众法共通，无碍无滞。欲合则乘云驾龙，欲离则尸解化质。不离不合，则或存或亡，于是各随所业，修道进学，渐阶无穷，教功令满，亦毕竟寂灭矣。

佛教方面则绝不认同此类说法，僧愍云："道则以仙为贵，佛用漏尽为妍。仙道有千岁之寿，漏尽有无穷之灵。无穷之灵，故妙绝杳然。千岁之寿，故乘龙御云。御云乘龙者，生死之道也。杳然之灵者，常乐永净也。"袁粲云："仙化以变形为上，泥洹以陶神为先。变形者白首还缁，而未能无死。陶神者使尘惑日损，湛然常存。泥洹之道，无死之地，乖诡若此，何谓其同。"而真正揭示泥洹与仙化之本质区别在于对形神认识不同者应为谢镇之，谢云：

> 佛法以有形为空幻，故忘身以济众；道法以吾我为真实，故服食以养生。且生而可养，则吸日可与千松比霜，朝菌可与万椿齐雪耶，必不可也。若深体三界为长夜之宅，有生为大梦之主，则思觉寤之道，何贵于形骸。假使形之可炼，生而不死，此则老宗本异，非佛理所同。

泥洹与仙化之理论分歧确如谢说在形神关系。生人神形和合，而神高于形，此二教极成共许之大前提，然死后神灭与否，不特道教，并吾国传统文化亦少有关心者，此盖受孔子"未知生焉知死"之论影响所致。道教所热衷者乃是形如何不朽，而保形之前提实为形灭神坏，

泥洹与仙化

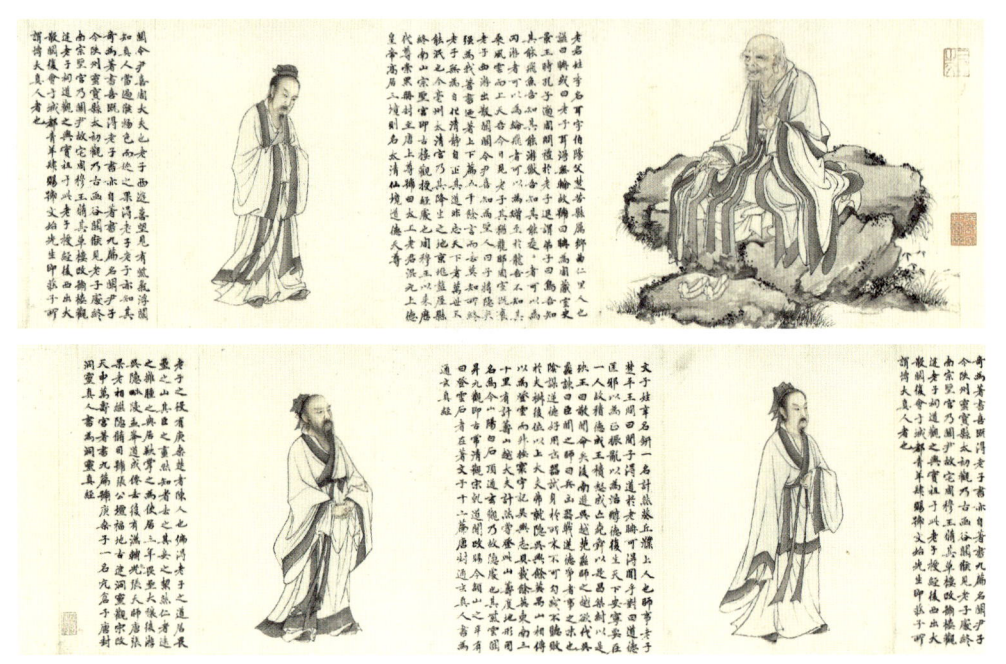

元 华祖立 玄门十子图（局部）

不者，倘神能独存，炼神即可，煞费苦心保守臭皮囊转成多事，此"读《神灭论》"条论之已详。而迄陶隐居，道教人士对此似无清醒认识，故陶弘景答朝士书中乃将寂灭视为仙之最高境界。陶既如此，遑论年代稍早之顾玄平矣。

梁武帝舍道诏说疑

梁武帝沉湎佛教，乃至数度舍身，而其即位之初，亦不废道教。《隋书·经籍志》云："武帝弱年好事，先受道法，及即位，犹自上章，朝士受道者众。"证以《太平御览》卷666引《道学传》云："梁武帝天监二年置大小道正，平昌孟景翼，字道辅，时为大正，屡为国讲说。"又《梁书》卷51陶弘景传云："义师平建康，闻议禅代，弘景援引图谶，数处皆成梁字，令弟子进之。高祖既早与之游，及即位后，恩礼逾笃，书问不绝，冠盖相望。"则天监初年梁武帝尚尊奉道法，应是实情。

比至天监三年四月，梁武帝忽郑重下诏宣布放弃道教信仰，皈依佛门。诏见《辩证论》卷8、《广弘明集》卷4、《法苑珠林》卷54等，文字小有异同，兹据《广弘明集》录其文：

> 维天监三年四月八日，梁国皇帝兰陵萧衍稽首和南，十方作佛，十方尊法，十方圣僧。……弟子经迟迷荒，耽事老子，历叶相承，染此邪法。习因善发，弃迷知返。今舍旧医，归凭正觉。愿使未来生世，童男出家，广弘经教，化度含识，同共成佛。宁在正法中长沦恶道，不乐依老子教暂得生天。涉大乘心，离二乘念。正

梁普通二年造像

愿诸佛证明，菩萨摄受。弟子萧衍和南。

四月十一日诏云：

  大经中说，道有九十六种，惟佛一道是于正道，其余九十五种名为邪道。朕舍邪外道，以事正内，诸佛如来。若有公卿能入此誓者，各可发菩提心。老子、周公、孔子等，虽是如来弟子，而化迹既邪，止是世间之善，不能革凡成圣。其公卿百官侯王宗族，宜反伪就真，舍邪入正。故《经教成实论》云：若事外道心重，佛法心轻，即是邪见。若心一等，是无记性，不当善恶。若事佛心强，老子心弱者，乃是清信。言清信者，清是表里俱净，垢秽惑累皆尽；信是信正不信邪，故言清信佛弟子。其余诸信，皆是邪见，不得称清信也。门下速施行。

十七日邵陵王萧纶上表称"皇帝菩萨"，有云：

臣昔未达理源，禀承外道，如欲须甘果，翻种苦栽；欲除渴乏，反趣碱水。今启迷方粗知归向，受菩萨大戒，戒节身心，舍老子之邪风，入法流之真教。伏愿天慈曲垂矜许。

按邵陵王萧纶为武帝第六子，约生天监六年或稍早，十三年始封邵陵王，其表奏结衔"侍中安前将军丹阳尹邵陵王"之"安前将军"一职乃大同七年（541）所领，又《辩证论》卷8十一日诏后有"天监三年四月十一日功德局主陈奭、尚书都功德主顾、尚书令何敬容、中书舍人任孝恭、御史中丞刘洽、诏告舍人周善"题名，其何敬容、任孝恭结衔亦在大同中，故日内藤龙雄氏《梁の武帝の舍道の非史实性》及太田悌藏氏《梁武帝の舍身奉佛について疑う》皆怀疑舍道诏之真实性，太田氏尤认为此诏乃北周天和五年（570）灭佛前由佛徒据梁大同七年重云殿讲经人物伪造。今按舍道诏年代确有未合，若天监三年武帝即敕令臣下舍邪入正，不唯武帝对待道教之态度变化之遽令人怀疑，并《南史》记武帝礼遇南岳道士邓郁一事亦无法解释，《南史》卷76邓郁传云：

南岳邓先生名郁，荆州建平人也。少而不仕，隐居衡山极峻之岭，立小板屋两间，足不下山，断谷三十余载，唯以涧水服云母屑，日夜诵《大洞经》。梁武帝敬信殊笃，为帝合丹，帝不敢服，起五岳楼贮之供养，道家吉日，躬往礼拜。……天监十四年……无病而终。山内唯闻香气，世未尝有。武帝后令周舍为《邓玄传》具序其事。

据贾嵩《华阳陶隐居内传》引《登真隐诀》，武帝召邓郁在天监四年，则《南史》称"道家吉日，（梁武帝）躬往礼拜"及敕令周舍作传事尽在武帝舍道奉佛以后，这与舍道诏所言"宁在正法中长沦恶道，不乐依老子教暂得生天"矛盾。

然武帝舍道事佛仍是确定不移者，正史系于天监十八年四月八日，《南史》卷6梁本纪上云："天监十八年夏四月丁巳（八日），帝于无碍殿受佛戒，赦罪人。"武帝受戒事《续高僧传》卷6慧约传记载甚详：

> 皇帝斫雕文璞，信无为道，发菩提心，构重云殿，以戒业精微，功德渊广，既为万善之本，实亦众行所先。譬巨海百川之长，若须弥群山之最。三果四向，缘此以成，十力三明，因兹而立。帝乃博采经教，撰立戒品，条章毕举，仪式具陈，制造圆坛，用明果极。以为道资人弘，理无虚授，事藉躬亲，民信乃立。且帝皇师臣，大圣师友，邈古以来，斯道无坠。农轩周孔，宪章仁义。况理越天人之外，义超名器之表。以（慧）约德高人世，道被幽冥，允膺阇梨之尊，层当智者之号，逡巡退让，情在固执，殷勤劝请，辞不获命。……（天监）十八年己亥，四月八日，天子发弘誓心，受菩萨戒，乃幸等觉殿，降雕玉辇，屈万乘之尊，申再三之敬。暂屏衮服，恭受田衣，宣度净仪，曲躬诚肃。于时日月贞华，天地融朗，大赦天下，率土同庆。自是入见，别施漆榻，上先作礼，然后就坐。皇储以下，爰至王姬，道俗庶士，咸希度脱。弟子著籍者，凡四万八千人。

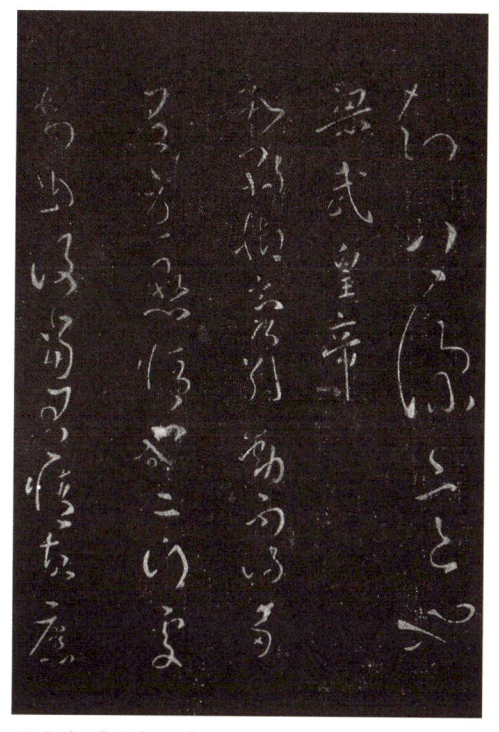

梁武帝《数朝帖》

  由此，武帝受菩萨戒时间自当以正史所记为准，即天监十八年四月八日，此时僧祐已卒，故《弘明集》中无武帝发心向佛之诏，应在情理之中，而道宣律师作《续高僧传》记萧衍天监十八年从慧约受菩萨戒，而作《广弘明集》则又言天监三年舍道，此中必有一误。如前所论，梁武帝绝无可能于天监初与道教绝决，则天监三年之说又从何而来？

  武帝舍道之诏以《辩证论》记载最早，宜分析法琳作论之背景，据《续高僧传》卷24法琳传，唐高祖武德四年（621）太史令傅奕表请废除佛僧，后又有清灵观道士李仲卿、刘进喜作《十异九迷论》及《显正论》辟佛，高祖因欲废毁僧尼，琳乃造《破邪论》《辩证论》驳之，二论引述文献多有未实，疑梁武帝天监十八年舍道两诏并邵陵王表皆法琳篡改为天监三年也（今大正藏《辩证论》将邵陵王上表时间题为天监四年三月十七日，应是三年四月十七日之误），其有意将武帝奉佛时间提前十五年，目的乃在说服李渊立国之初即当奉佛。

或又据十一日诏云："老子、周公、孔子等，虽是如来弟子，而化迹既邪，止是世间之善，不能革凡成圣"，疑与武帝释儒并尊主张不侔，遂目为伪作者。今按武帝思想之彻底佛化，正发生在天监十八年受菩萨戒后，兹举天监三年沈约《均圣论》、天监中僧祐《弘明集》后序及天监以后萧子显《南齐书·高逸传论》为例，以观不同时期佛儒盛衰。

《均圣论》之基本主张在尊释迦为内圣，以周孔为外圣，而"内圣外圣，义均理一"，确有释儒并尊之意。至《弘明集》后序则云：

> 详检俗教，并究章五经，所尊唯天，所法唯圣，然莫测天形，莫窥圣心，虽敬而信之，犹曚曚不了。况乃佛尊于天，法妙于圣，化出域中，理绝系表。

则已将佛凌驾于儒圣之上。此或出于缁衣之手，不足为证，而萧子显《南齐书·高逸传论》云：

> 佛法者，理寂乎万古，迹兆乎中世，渊源浩博，无始无边，宇宙之所不知，数量之所不尽，盛乎哉，真大士之立言也。探机扣寂，有感必应，以大苞小，无细不容。若乃儒家之教，仁义礼乐，仁爱义宜，礼顺乐和而已；今则慈悲为本，常乐为宗，施舍惟机，

低举成敬。儒家之教，宪章祖述，引古证今，于学易悟；今树以前因，报以后果，业行交酬，连璨相袭。阴阳之教，占气步景，授民以时，知其利害；今则耳眼洞达，心智他通，身为奎井，岂俟甘石。法家之教，出自刑理，禁奸止邪，明用赏罚；今则十恶所坠，五及无间，刀树剑出，焦汤猛火，造受自贻，罔或差贰。墨家之教，遵上俭薄，磨踵灭顶，且犹非吝；今则肤同断瓠，目如井星，授子捐妻，在鹰庇鸽。从横之教，所贵权谋，天口连环，归乎适变；今则一音万解，无待户说，四辩三会，咸得吾师。杂家之教，兼有儒墨；今则五时所宣，于何不尽。农家之教，播植耕耘，善相五事，以艺九谷；今则郁单粳稻，已异阎浮，生天果报，自然饮食。道家之教，执一虚无，得性亡情，凝神勿扰；今则波若无照，万法皆空，岂有道之可名，宁余一之可得。道俗对校，真假将雠。释理奥藏，无往而不有也。能善用之，即真是俗。九流之设，用藉世教，刑名道墨，乖心异旨，儒者不学，无伤为儒；佛理玄旷，实智妙有，一物不知，不成圆圣。若夫神道应现之力，感会变化之奇，不可思议，难用言象。

萧子显自称"史臣服膺释氏，深信冥缘，谓斯道之莫贵"，此论将儒家与阴阳、法、墨、纵横、杂、农、道家并列，各与佛法比较，举其不足，是退儒家于百家之列，为历代正史所罕见，揆其思想，正与武帝诏"老子、周公、孔子等，虽是如来弟子，而化迹既邪，止是世间之善，不能革凡成圣"，一脉相承，是可知武帝天监受戒以后，乃以佛教为立国根本，周孔之教则退居次要，至于道家、道教，因被视为邪伪，故萧子显将其置于农家、杂家之后。由此亦证明舍道之诏不出伪作也。

需说明者，余著《陶弘景丛考》及前作"读《神灭论》"条，皆引梁武帝天监三年舍道奉佛诏为证据，此固著者失考，然武帝之佛教信仰确肇端于大梁启运之初，故天监三年陶弘景与沈约辩论均圣，理未屈而偃旗鼓；天监七年陶弘景化名王外兵潜行青嶂、木溜；十一年往鄮县礼育王塔，自誓受戒（以上见《陶弘景丛考》）；及天监六年范子真之绝无可能作《神灭论》等，决不因天监三年舍道诏之属虚构，而影响其可能性。以上诸事件之发生，其根本原因仍在于梁武帝日渐强烈之崇佛灭道心理，当另行文详细申论之。

《寻山志》与《山栖志》

六朝骈赋，谢康乐《山居赋》、陶隐居《寻山志》、刘孝标《山栖志》皆属于隐逸主题。陶弘景（456—536）与刘峻（462—521）年代相若而宗教旨趣不同，似可以比较研究者。

《南史》卷49刘峻传谓，峻八岁流落北朝，"居贫不自立，与母并出家为尼僧，既而还俗"（《北史》刘休宾传说法亦同）。或因其佛教背景，《山栖志》全文被唐道宣律师编入《广弘明集》卷24，遂得以流传（《艺文类聚》仅节引片段）。陶弘景弘扬茅山上清派，此人所共知者，文集散佚，《寻山志》则赖道藏保存。

据道藏本《寻山志》文题下小字注释："年十五作。"文章开宗明义："轻死重气，名贵于身，迷真晦道，余所弗丞。""传氏百王，流芳世绪。负德叨荣，吾未敢许。"确定人生目标："至赤城兮一憩，遇王子而宿之。仰彭涓兮弗远，必长年兮可期。"期望遂寻山之志，登招仙之台。检《华阳隐居先生本起录》所记陶弘景成年以后行止，其寻山志向无稍懈倦：

先生以甲子、乙丑、丙寅三年之中就兴世馆主东阳孙游岳咨禀道家符图经法。

> 戊辰年始往茅山，便得杨许手书真迹，欣然感激。
>
> 至庚午年又启假东行浙越，处处寻求灵异。至会稽大洪山谒居士娄慧明，又到余姚太平山谒居士杜京产，又到始宁兆山谒法师钟义山，又到始丰天台山谒诸僧标，及诸处宿旧道士，并得真人遗迹十余卷。游历山水，二百余日乃还。爰及东阳长山、吴兴天目山、于潜、临海、安固诸名山，无不毕践。

《山栖志》是刘峻中年之作，《梁书》本传云：

> 安成王（萧）秀好峻学，及迁荆州，引为户曹参军，给其书籍，使抄录事类，名曰《类苑》。未及成，复以疾去，因游东阳紫岩山，筑室居焉。为《山栖志》，其文甚美。

罗国威先生《刘孝标集校注》引《南史·安成王秀传》及《资治通鉴》，确定萧秀作荆州刺史在天监七年（508），刘峻先编《类苑》，故《山栖志》约成于天监八、九年之间，刘峻48岁。

《山栖志》虽收载佛典，主要内容实无关于宗教，既不羡泥洹寂静之佛，亦不慕长生久视之仙，纯以自然无为为旨归。《山栖志》开篇言："庙堂之与江海，蓬户之与金闺。并然其所然，悦其所悦，焉足毛羽疮痏在其间哉。"然后铺陈金华山人文自然胜景，终归于肥遁。陶、刘两志宗旨皆殿文末，刘峻但求"浩荡天地之间，心无怵惕之警"；陶弘景则欲"反无形于寂寞，长超忽乎尘埃"。此亦宗教家与普通信仰者境界之不同。

《寻山志》与《山栖志》

道宣律师所以将《山栖志》收入《广弘明集》，看重者大约是以下段落：

> 宅东起招提寺，背岩面壑，层轩引景，邃宇临空。博敞玄虚，纳祥生白。左睇右睐，仁智所居。故硕德名僧，振锡云萃，调心七觉，诋诃五尘。郁列戒香，浴滋定水。至于熏炉夜爇，法鼓旦闻，予跣屣抠衣，躬行顶礼。询道哲人，钦和至教。每闻此河纷梗，彼岸永寂。熙熙然若登春台而出宇宙，唯善是乐，岂伊徒言。

但《广弘明集》之"僧行篇"据道宣自序："集诸政绩，布露贤明。或抗诏而立谠言；或兴论以详正议；或褒仰而崇高尚；或衔哀而畅诔词。"《山栖志》内容皆无关于"僧行"，不知何故收入兹篇。不特如此，刘峻既言招提寺之雄伟，复状寺旁道观之壮丽：

> 寺东南有道观，亭亭崖侧，下望云雨。蕙楼兰榭，隐映林篁。飞观列轩，玲珑烟雾。日止却粒之氓，岁次祈仙之客。饵星髓，吸流霞，将乃云衣霓裳，乘龙驭鹤。

虽不言己如在招提寺之"躬行顶礼"，亲自参与宗教活动，但对道家显然无排斥之意。

陶弘景寻山，并无特指；刘峻则以金华山为栖止之所。金华山是道家洞天，《山栖志》亦不讳言其神仙背景："金华山，古马鞍山也。蕴灵藏圣，列名仙谍。左元放称此山云：可免洪水五兵，可合神丹九转。"

《寻山志》与《山栖志》

梁武帝崇佛摒道，意志虽然坚决，而当时普通知识人士，未必尽以二教为水火。刘峻曾为沙门，其作《辩命论》，仍将宿命归结于"有力者运之"，而不取佛家因果轮回之说。《广弘明集》又载其"与举法师书"，开篇仰慕懿德，作比喻语云："无异蕲仙之望石髓，太阴之思龙烛。"均是道教典故，书信双方亦不以为讳。

论孙绰

孙绰字兴公，传见《晋书》卷56。其与高士许询（玄度）齐名，俗人每相比较，以决高下。《晋书》谓："绰与询一时名流，或爱询高迈，则鄙于绰；或爱绰才藻，而无取于询。"此说本于《世说新语·品藻》注引宋明帝《文章志》云："绰博涉经史，长于属文，与许询俱有负俗之谈。询卒不降志，而绰婴纶世务焉。"《续晋阳秋》评论更加刻薄："绰虽有文才，而诞纵多秽行，时人鄙之。"所谓"秽行"，大约是指孙绰降沦隐初衷，阿附权贵；作谀墓文辞，自取其辱。然孙绰抗颜沮桓温迁都洛阳之志，忠谠大节未亏；回答支遁"君何如许询"之问，自知之明可风。秽行云者，未免太过。

孙绰《答许询》诗九章，逯钦立据《文馆词林》收入《先秦汉魏晋南北朝诗》，诗云："孔父有言，后生可畏。灼灼许子，挺奇拔萃。"似绰较询行辈为高，故以"后生"呼询。通览全篇，皆是道家言语，第三章云：

> 遗荣荣在，外身身全。卓哉先师，修德就闲。散以玄风，涤以清川。或步崇基，或恬蒙园。道足匈怀，神栖浩然。

明　李宗谟　兰亭修禊图卷（局部）

孙绰尝作《遂初赋》，其叙云："余少慕老庄之道，仰其风流久矣。"又有《老子赞》云："李老无为，而无不为。道一尧孔，迹又灵奇。塞关内境，冥神绝涯。永合元气，长契两仪。"宜前诗尊老子为"先师"。

绰与询皆同王羲之友善，《晋书·王羲之传》云："孙绰、李充、许询、支遁等，皆以文义冠世，并筑室东土，与羲之同好。"王羲之为会稽内史，引孙绰为右军长史，参与永和九年（353）之兰亭盛会，赋诗并作《兰亭集后序》。未知何故，许询似乎没有参加这次雅集，但他与王羲之交往，其实更为密切。《太平御览》卷480引《晋中兴书》云："羲之既去官，与东土人士尽山水之游，弋钓为娱。与道士许玄度（询）共修服食，采求药石，不远千里。"（《晋书》"许玄度"作"许迈"，详本书《晋书·许迈传书后》)因为旨趣相投,羲之杂帖中多处提到"玄度",即许询。

许询奉道,却将家宅舍为佛寺,《建康实录》卷8云:

> 策杖披裘,隐于永兴西山,凭树构堂,萧然自致,至今此地名为萧山。遂舍永兴、山阴二宅为寺,家财珍异,悉皆是给。既成,启奏孝宗,诏曰:山阴旧宅为祇洹寺,永兴新居为崇化寺。询乃于崇化寺造四层塔,物产既罄,犹欠露盘相轮。一朝风雨,相轮等自备。时所访问,乃是剡县飞来。

此与孙绰崇佛,而喜言庄老,恰成对照。盖值佛道相互寻求认同之际,尚未如后来之陷入相互攻讦也。

复检《王右军集》有"奉法帖",此帖亦见张彦远《右军书记》,可靠性较大,其略云:

> 省示,知足下奉法转到胜理极此。此故荡涤尘垢,研遣滞累,可谓尽矣,无以复加。漆园比之,殊诞谩,如下言也。吾所奉,设教意政同,但为形迹小异耳。方欲尽心此事,所以重增辞世之笃。今虽形系于俗,诚心终日,常在于此,足下试观其终。

帖言"奉法",当指教法,但未言为佛为道。后句谓"吾所奉,设教意政同,但为形迹小异耳"。王羲之崇奉天师道,人所共知者,按照当时人普遍之佛道观念及理解水平,确实可以说佛道设教之本意相同,而外在形式小异。故疑此函是写与孙绰者,"荡涤尘垢"云云,

71

似为表扬其《喻道论》之辞。至于"漆园比之，殊诞谩，如下言也"句，漆园指庄子，诞谩乃荒诞意，未详本意云何，然"诞谩"与前引《续晋阳秋》"诞纵"考语亦合。

另据张溥《孙廷尉集》题辞云：

> 东晋佛乘文人，孙兴公最有名。然《喻道论》云佛十二部经，其四部专以劝孝；《道贤论》以天竺七僧方竹林七贤。指悉近儒，非濡首彼法，长往不返者也。

孙绰《道贤论》以七贤方七僧，《喻道论》则以周孔拟佛陀，由此推论，彼未必不可能在某篇文章中，将庄周、老子比附为阿难、迦叶，因此被王羲之非难，讥为"诞谩"。此无根之悬揣，敬俟高明指正。

孙绰《喻道论》

孙兴公《道贤论》可视为佛学向玄学寻求认同，《喻道论》则欲在佛儒之间画等号，所谓"周孔即佛，佛即周孔"，可称本论之关键词。

当时流行"格义"，以儒道概念诠释佛教哲学，本论亦不例外。论云："夫佛也者，体道者也。道也者，导物者也。应感顺通，无为而无不为者也。"前篇引作者《老子赞》云："李老无为，而无不为。道一尧孔，迹又灵奇。"此混一佛道。本论又云："佛者梵语，晋训觉也。觉之为义，悟物之谓，犹孟轲以圣人为先觉，其旨一也。"此则谓周孔与佛陀不殊。

儒家立教以仁孝为根本，佛教因此面临三项责难：刓剔须发，残其天貌，有违"身体发肤受之父母，不敢毁伤"之训；出家则无家，委离所生，弃亲即疏，生废色养，终绝血食；断绝人道，无后最为大过。《喻道论》主动提出此三条，并反复辩论，然细绎其回答，仍非圆满。

《喻道论》从"父隆则子贵，子贵则父尊"出发，将"孝"作概念转换云："故孝之为贵，贵能立身行道，永光厥亲。"然后托以玄言："缘督以为经，守柔以为常。形名两绝，亲我交忘，养亲之道也。"再由忠孝不能两全入说，论述"忠"为"孝"之高境界，英雄行为光大家门，斯为大孝，至于须发服色，皆属小节，可以不予考虑。复进一步申述，佛陀苦修成等正觉，"还照本国，广敷法音，父王感悟，亦升道场。以此荣亲，何孝如之"。不惜诳语云："佛有十二部经，其四部专以劝孝为事，殷勤之旨，可谓至矣。"

孝道为儒家命题，孙绰欲以佛就儒，遂不得不设立此问，并强作答辞。而事实上，儒家孝亲所主张之"色养"，佛道皆无法正面回答。《神仙传》苏仙公条，苏仙公修炼圆满，升遐在即，与母亲有一段对话，亦涉及"色养"：

> （苏仙公）乃跪白母曰：某受命当仙，被召有期，仪卫已至，当违色养。即便拜辞，母子欷歔。母曰：汝去之后，使我如何存活？
> 先生曰：明年天下疾疫，庭中井水，檐边橘树，可以代养。

成佛修仙与儒家"父母在不远游"之训示，作为个案或许可以通融，究其宗教本意，则难以调和。佛道两家之所以竭力辩解，盖当时社会以周孔之道为伦常，不得不寻求认同也。

孙绰所处时代，佛道势力尚非强大，故《喻道论》在众多三教论衡文章中，观点最为温和，稍后诸论，宗教排他性暴露无遗矣。尽管如此，《喻道论》之佛教本位，仍然有所体现。论云：

> 缠束世教之内，肆观周孔之迹，谓至德穷于尧舜，微言尽乎老易，焉复睹夫方外之妙趣、寰中之玄照乎。

孙绰《喻道论》

其意佛教至少宜与周孔、老易等量齐观。后文涉及佛教戒杀生，周孔以杀止杀，论云："应世轨物，盖亦随时。周孔救极弊，佛教明其本耳。"虽说二者"共为首尾，其致不殊"，但毕竟"即如外圣，有深浅之迹"，其实亦存在优劣差别之心。不特如此，或许作者并未想到，此段言语已触及佛儒之间另一不可调和之命题，即所谓"中边之论"。

本论说"周孔救极弊，佛教明其本"，并无不妥，然言外之意可引申为，周孔时代之中国积弊丛生，而佛陀时代之印度风气纯古。后文举例："尧舜世夷，故二后高让。汤武时难，故两君挥戈。"表面上符合儒家崇远古，轻近世之认识习惯，而辩论方若取印度相对照，则很容易结论，周孔时代之中国不及佛陀时代之印度。如此，必不能被"抑裁佛化，毕志儒业"之儒家卫道者所容忍。其后刘宋沙门慧琳作《均善论》，纯出儒家立场，故与本论针锋相对：

有白学先生，以为中国圣人经纶百世，其德弘矣。智周万变，天人之理尽矣。道无隐旨，教冈遗筌，聪睿迪哲，何负于殊论哉。有黑学道士陋之，谓不照幽冥之途，弗及来生之化，虽尚虚心，未能虚事，不逮西域之深也。

据《宋书·夷蛮传》，慧琳此论"旧僧谓其贬黜释氏，欲加摈斥"。结合《弘明集》卷3何承天"与宗（炳）居士书"，何承天或许是此论幕后主使，借故与宗炳挑起"黑白论"争端。

自云剖開
一隻眼 清湘老人

卷二 书画琐闻

清人无草书

晚明草书最具特色，董香光、邢子愿谨饬，黄石斋、张二水奇肆，傅青主、王觉斯豪放，入清则草体断灭，后继乏人。

清人作草，或病散漫，或病寒俭，终无大成。黄瘿瓢、高凤翰失于狂怪，邓完白、包慎伯不免拘束。何子贞书法号称"国朝第一"，回腕作书，篆隶犹存金石气，行草格调亦高，唯左支右拙，略输潇洒秀逸。赵㧑叔学究天人，北碑、篆隶瓣香完白，行草成就仍未称高，尝语人："仆不能草，稿书而已"。

清人病草，前人述之已详，论其原因，说者纷然，或谓拘束于台阁之体，故不能豪迈洒脱，或谓用功篆隶，遂废稿草。

台阁之制滥觞明代，称馆阁体，华亭沈氏是其代表，而沈粲草书，不让解大绅、詹景凤辈，宋仲温、王雅宜、祝允明、文徵仲皆能工楷，亦不害其作草书，故清人病草非台阁之罪也。

篆隶用笔，确有别于行草，然古今书家兼擅并美者亦不乏人，欧阳率更与颜鲁公，真书、行书俱是大家，率更写《宗圣观记》《房彦谦碑》用八分，鲁公题《东方朔画赞》额用篆笔，揽其成就，亦不在真行之次。清阮仪征《北碑南帖论》、包安吴《艺舟双楫》、康南海《广艺舟双楫》，提倡北魏，贬斥晋唐，尊碑抑帖遂成风气。此风影响民国，然于右任先习北魏，继学草书，卓然大家。晚近名家，若沈子培、吴苦铁、萧蜕庵、林散之六体皆能。足证清人病草，非用功篆隶故也。

有清三百年，兴文狱、焚异书，以文字罹祸者不知凡几。此举束人心性，毁人良知，故清时学者多于故纸堆中讨生活。书有六体，行草最见性情，颠张醉素，秉赋天真，遂邀草圣之誉。君谟端谨，东坡豪放，山谷清逸，元章率真，作者心性无不流露笔端。清人心性既束，良知既灭，秉笔作草，必斤斤于绳墨，拘泥于点画，终难免效颦学步之诮。

清人无草书，宜矣。

佛法与书法

浅解大乘，书法似不应见容于佛法，《金刚经》云："汝等比丘，知我说法，如筏喻者，法尚应舍，何况非法。"书法属"非法"一类，自在舍弃之列。但纵观书史，佛法书法关系密切，陈援庵（垣）有云："学书宜多看和尚书，以其无须应科举，故不受馆阁字体拘束，有疏散气息。且其袍袖宽博，不容腕臂贴案，每悬笔直下，富提按之力。"

有佛道以来，方外书家，缁衣远胜黄冠。隋僧智永，右军苗裔，写千文八百本，笔冢墨池，索书者户限为穿，妙迹至今流传。唐僧怀素，一代草圣，《自叙》《论书》《食鱼》《苦笋》诸帖为其代表。高闲上人、梦英和尚，虽无大成，狂草、玉箸亦堪独步当时。清初四僧，书画兼能，吾蜀破山，草法第一。黄冠书家，显者至寥。个中三昧，识者心知。

书法审美与佛家妙谛亦有合处，由佛法可旁通书法，自书法亦能参解佛法，以是义故，书家多与释子结缘，其著者，东坡与佛印，松雪与中峰。

书家与方外交往既多，为丛林书写经偈碑版自夥，若徐季海《不空和上碑》、颜鲁公《八关斋报德纪》、李北海《法华寺碑》、柳诚悬《金刚般若经》、黄山谷《华严疏》《发愿文》等，不胜枚举。唐代又开集字之风，怀仁《圣教序》、大雅《兴福寺》、玄序《金刚经》，皆集大王书之至佳者。唐人写经，书法自成一格，然湮没千余载不为人识，及敦煌卷子发见，此体方大兴于世。卷子什九为佛经，正所谓"书法赖佛法以流传"也。

佛法书法实无轩轾，浅人说经强生分别心耳。北朝崇尚佛教，遂有龙门造像，泰山《金刚经》、水牛山《文殊经》流传，北碑兴焉。松雪、香光皆佞佛，写《金刚》《华严》《阿弥陀经》各数本，供养丛林。写经之举，本出至诚信仰，今日影印，亦不失学书津梁。此书法耶，佛法耶，曰亦书亦佛也。

近世艺术家斋馆别号举隅

唐德宗丞相李泌隐居南岳时，筑庐读书，镌白文"端居室"三字印钤书上，此殆斋馆别号印之滥觞，明文衡山谓，"我之书屋多于印上起造"，近世书画篆刻家斋馆别号见于印章者亦夥。

光绪壬午（1882），吴昌硕得挚友金俯将（杰）所赠三代回文瓦缶，因号缶庐，刻印赋诗再三，自刻白文"缶庐"印，边款长诗有云："以缶为庐庐即缶，庐中岁月缶为寿，俯将持曾情独厚，时维壬午四月九，雷纹斑驳类蝌蚪，眇无文字镌俗手……"此印、此缶今俱存西泠印社。以所藏器物名斋馆者，若吴云之"两罍轩"，赵叔孺之"二弩精舍"，王福庵之"麋砚斋"等。

歙吴少甫（云）藏兰亭旧拓逾百种，因名"二百兰亭斋"，苏州叶鞠裳（昌炽）有经幢500件，颜所居"五百经幢馆"。清末民初，碑志出土日夥，三原于右任收得元魏墓志数百种，中有七对夫妇合葬墓志，乃自题"鸳鸯七志斋"，铜山张伯英有唐志千片，遂筑"千唐志斋"，腾冲李印泉藏石较少，然"曲石精庐"中《王之涣墓志》《黑齿俊墓志》《黑齿常之墓志》等皆可补唐史之阙，章太炎激赏之。

吴湖帆斋名甚多，皆与收藏有关。藏宋刻《梅花喜神谱》，因号

"梅影书屋"，得隋《董美人墓志》，珍爱之极，特辟"宝董室"收藏，又藏隋《常丑奴墓志》，乃号"丑簃"，藏欧阳询《九成宫》《皇甫君》《化度寺》《虞恭公》四碑精拓本，其《化度寺》一种尤海内罕觏，遂以"四欧"颜堂，两双儿女依次命名"孟欧"、"述欧"、"思欧"、"惠欧"，宝爱之情可见一斑。

张大千得五代顾闳中《韩熙载夜宴图》，号"伲宴楼"，印由陈巨来镌。其著名之"大风堂"，以藏明人张大风画卷得名，"大风堂"印则多出方介堪手。徐悲鸿以重值收得唐人白描《八十七神仙卷》，因自号"八十七神仙馆"。张伯驹之"平复堂"，以得晋陆士衡《平复帖》命名。徐叔鸿之"宝鸭斋"，藏王献之《鸭头丸帖》。蔡晨笙最爱沈寐叟法书，乃称"宝寐阁"。高野侯喜画梅，有句"画到梅花不让人"，斋中藏前代梅花精品五百余轴，因颜所居"五百本画梅精舍"，其中以王元章梅花长卷最珍贵，乃名其斋"梅王阁"。

苏仲翔（渊雷）"钵水斋"取自佛典，陈师曾"染仓室"出于墨子。陈寅恪晚年喜诵柳如是之《金明池·咏寒柳》，遂有"金明馆"及"寒柳堂"之号，文集亦以此为名。

柳亚子斋馆别号最多，若磨剑室、羿楼、更生斋、活埋庵、笑隐楼、乐天庐、灵芬别馆、欧梦圆簃、礼蓉招桂盦、上天入地之室等，不一而足。

李叔同丧母后改名哀，字息霜，号"息庵"，出家后夏丏尊出资为印行《李息庵临古法书》。邓散木狂放不拘，自号粪翁，所居为"厕简楼"。散木书刻俱佳，唯拙于绘事，遂号"三长两短之斋"，诗书印是其三长，两短则谓绘事与填词。钱君匋生丙午（1906），因号"午斋"，又喜华喦（新罗山人）画，有号"新罗山馆"、"抱华精舍"。

田家英钦仰谭复生（嗣同），复生以"莽苍苍"名斋，田筑庐则称"小莽苍苍斋"，收藏清代学人法书、信札至夥，其斋馆收藏印多出当代名家之手。

黔中女书家萧娴，笄龄以散氏盘临本见知于南海康长素，引为入室弟子。萧娴工榜书，极具气魄，号"蜕阁"，盖欲蜕净脂粉气。寿石工名玺，号"珏庵"，不喜食鱼，又号"不食鱼斋"，萧娴亦号"不食鱼斋"，皆寓孟子"舍身取义"之义。

程十髪名潼，长上海中国画院，能篆刻，自刻"供养白阳、青藤、老莲、新罗、清湘、吉金、八大、两峰之室"，室名之长可谓首屈一指，而平生绘事追求亦寓其中矣。

字号中即寓斋馆者，若王福庵、吴朴堂、王个簃、易均室、简琴斋、余越园、易寅邨、陈援庵等。依姓氏为斋馆者，沙孟海有"沙邨"，邓尔雅有"邓斋"，楼辛壶有"楼邨"。

《中国书法大辞典》补遗三则

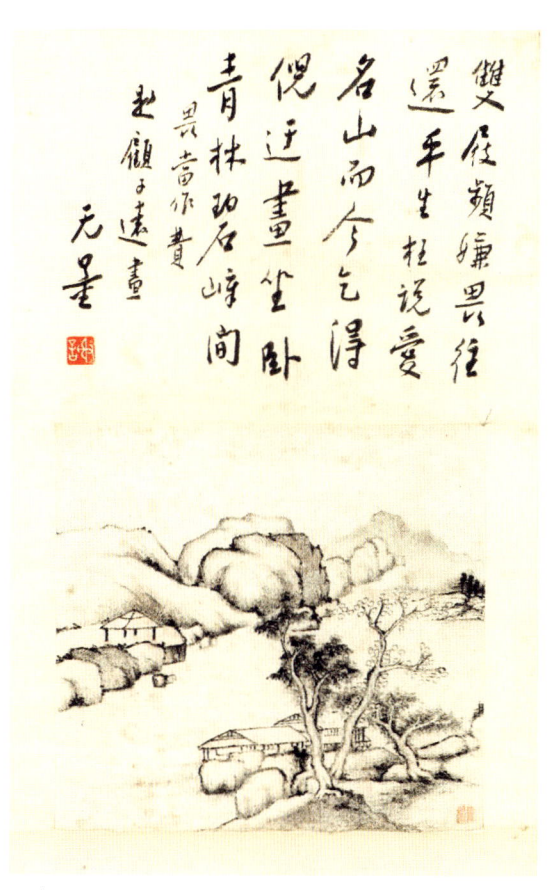

顾复初山水图　成都博物馆藏

香港书谱社梁披云主编《中国书法大辞典》，分书体、术语、书家、书迹、论著、器具诸门。其书家一门，上起伏羲、神农，下迄今近名家，凡六千余人，洵大观也。近代书家之部出掌故大师郑逸梅手，珍闻逸事罗列备致，惜逸翁久居海上，于蜀中书家，或有遗落，容补述三则。

长洲顾潜叟　叟江苏吴县人，咸丰末避洪杨乱入川，终不复出，

《中国书法大辞典》补遗三则

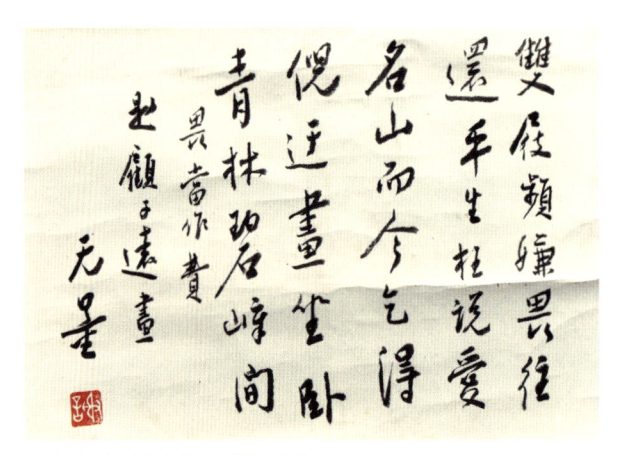

顾复初山水图谢无量题诗堂

故其书名虽广播西蜀，江南反为不彰。

按叟讳复初（1812—1894），字幼耕，又字子远，号道穆，晚号潜叟。咸同间何子贞（绍基）督学四川，邀叟襄校试卷，后又入参成都将军完颜崇实、四川总督吴棠、丁宝桢幕。潜叟工诗文，精书画，其篆隶苍劲高古，楷书取法晋唐，草摹右军，享名于时。作画宗二李，所写小帧山水，干笔枯墨，平淡简远。今新都桂湖龙藏寺碑宫中，尚有潜叟送雪堂上人隶书诗碑一通。

叟工文辞，蜀中名胜留迹甚多，其著者题杜工部草堂联："异代不同时，问如此江山，龙蟠虎卧几诗客；先生亦流寓，有长流天地，月白风清一草堂。"语颇自况。又题成都濯锦楼联云："引袖拂寒星，古意苍茫，看四望云山，青来剑外；停琴伫凉月，予怀浩渺，送一篙春水，绿到江南。"望江楼联："汉水接苍茫，看滚滚江涛，流不尽云影天光，万里朝宗东入海；锦城通咫尺，听纷纷丝管，送来些鸟声花气，四时引兴此登楼。"

成都顾印伯　顾印愚（1855—1913），字印伯，一字蔗孙，又号所持，别署双玉堪、塞白翁，成都人，清末官湖北汉阳令，通判武昌，辛亥后返川，奉母隐居。《益州名画录》载，印伯书法晋唐，为时所重，大字出入褚、米之间，行书多魏碑意致，跌宕起伏，饶有金石趣，晚年偶一临苏，亦颇神妙。印伯书画多小品，精雅过人，故有"斗方名士"

顾印愚书法　李劫人故居文管所藏

《中国书法大辞典》补遗三则

之誉，又能篆刻，门人华阳乔大壮（曾劬）尽传其法。

华阳余苍一 《大辞典》有余舒小传，至简略，且不考其生卒。按舒字沧逸，又作苍一，别号沙园。生光绪辛巳（1881），祖辈由浙入蜀，遂家成都，光绪癸卯（1903）举人，旋与吴又陵、颜雍耆、张重民、林山腴东渡，就读日本中央大学，入同盟会，与熊克武、杨沧白、但懋辛、向仙樵同游。苍一通内典，尤精唯识，1930年太虚大师入川弘法，于少城公元成都佛学社，开讲《华严经普贤行愿品》，王普照、余苍一、楼维克合记，成《大方光佛华严经入不可思议解脱境界普贤行愿品讲录》。1939年元旦，苍一忽梦至一墓，题己之姓名，且镌一联："学术渊宏，赅诸子百家之广；笔情绵邈，比三江七泽而遥"。未几果卒，年五十九。

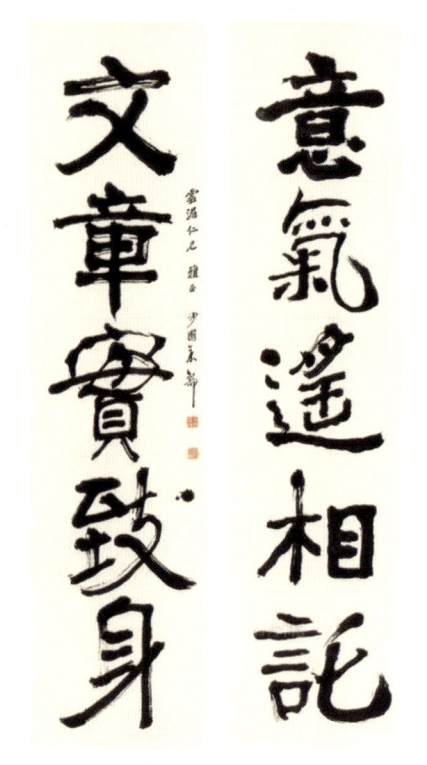

余沙园对联

齐白石治沙园印 成都市博物馆藏齐白石印谱

法相宗草书符号

敦煌写经以楷书最为众夥，论部文献偶然有使用草书者，如《瑜伽师地论手记》《因明入正理论后疏》等。其字体颇另类，字字独立，草法近于章草，但更加简略，如"佛"写作"仏"，"菩萨"省为"艹艹"之类，或可以目为速记符号。

初以为此字体仅流行敦煌一地，及读《群玉堂帖》，所刻唐人书《唯识论注》残卷，亦是此体；又观上海博物馆藏《法华玄赞》卷6，有董其昌跋，系传世文献，字体亦同。于是豁然省悟，瑜伽、唯识、因明皆慈恩寺玄奘法师所开创法相宗经典，《法华玄赞》则是玄奘首座弟子窥基著作，故疑此字体为法相宗专用。

与其他宗派弘传真理不同，法相宗受印度佛教影响，提倡以辩论方式认知真理。因明是辩论工具，宗因喻缺一不可，辩经言语迅疾，笔录难得甚大，或因此创造速记符号，方便准确记录。

《三国志》钟繇传书后

《三国志》卷13钟繇传不称美其书法，裴松之注释亦不言钟繇擅书。钱穆《中国史学名著》专有议论，钱云："如讲书法，定称钟、王，王羲之是东晋人，钟繇是三国时魏人，陈寿有《钟繇传》，裴松之当然也注了，但钟繇在后代最大流传的是他的书法，而他之精于书法，陈志里没有，裴注里也没有，这只能说他们两人都缺，而且也缺得不应该。"

宾四先生拈此事件以说明史学史现象，固然极好见解，而作为书法专门史研究，于兹则非三言两语所能含混者。究竟是何原因导致陈寿、裴松之两位史家忽视钟繇书法成就？或许存在两种可能：（1）确属史家疏忽；（2）在当时人眼中，钟繇书法才能不过尔尔，并不若后世所吹捧之至高无上。

不妨先在原书中寻找证据。《三国志》正文称卫觊"好古文、鸟篆、隶草，无所不善"（卷21）；又称诸葛亮之子诸葛瞻"工书画"（卷35）；称张昭"少好学，善隶书"（卷52）。此皆可证明陈寿习惯在史书中记录传主书法水平。至于裴松之注释涉及书法处尤多，如引《魏略》称邯郸淳"博学有才章，又善苍雅虫篆，许氏字指"（卷20）；

引《文章序录》"初,邯郸淳、卫觊及(韦)诞并善书,有名";引《世语》"(卫)瓘与扶风内史敦煌索靖并善草书"(卷21);引《魏末传》"(王广,)凌少子,字明山,最知名。善书,多技艺,人得其书,皆以为法"(卷28)。

其实,《三国志》正文中亦间接涉及钟繇书法,卷11《胡昭传》云:"昭善史书,与钟繇、邯郸淳、卫觊、韦诞并有名。尺牍之迹,动见模楷焉。"故谓《三国志》未曾提及钟繇书法并不准确。但陈寿去钟繇未远,他之不专门称美钟繇书法,或许代表他个人对钟繇书法之不以为然。

再讨论裴注。裴松之注《三国志》引书百余种,据其《上三国志注表》云:"上搜旧闻,傍摭遗逸。"各种材料网罗殆尽。按照裴松之自己拟定之原则:"寿所不载,事宜存录者,则罔不毕取以补其阙;或同说一事而辞有乖杂,或出事本异,疑不能判,并皆抄内,以备异闻;若乃纰缪显然,言不附理,则随违矫正以惩其妄;其时事当否及寿之小失,颇以愚意有所论辩。"因此可以肯定,裴注之所以没有提到钟繇擅书,原因应该主要是裴所见材料中没有钟繇擅书之记录。这也间接证明,魏晋间人不太以钟繇书法为然,因此陈寿在《钟繇传》中不专门赞美其书法,未必是陈寿个人意见。

不过,尽管裴松之时代关于钟繇书法记录较少,但裴松之依然漏读一条。

卫恒所撰《四体书势》叙述四体书法(古文、篆、隶、草)源流,裴松之在《三国志注》卷1、卷21皆引有此文。如上所论,裴松之引文完全没有提到钟繇书法。所幸此篇被房玄龄全文收入《晋书》卷36,其中序隶书之末句云:"魏初有钟、胡二家为行书法,俱学之于刘德升，而钟氏小异，然亦各有其巧，今盛行于世。"句中"钟"即钟繇，"胡"为"胡昭"。或许因为原文没有写明钟繇、胡昭，遂为裴松之忽略。

因钟繇而涉及繇幼子钟会。钟会传在《三国志》卷28，正文亦无文字涉及书法，裴注引有钟会为母亲张氏所作传记，详细叙述自己在母亲督促下学习经历："年四岁（母）授《孝经》，七岁诵《论语》，八岁诵《诗》，十岁诵《尚书》，十一诵《易》，十二诵《春秋左氏传》《国语》，十三诵《周礼》《礼记》，十四诵成侯《易记》，十五使入太学，问四方奇文异训。"钟会自称"雅好书籍，涉历众书"。也没有专门提到喜欢书法或者学习书法。

裴松之又引《世语》云："（钟）会善效人书，于剑阁要（邓）艾章表白事，皆易其言，令辞指悖傲，多自矜伐。又毁文王（司马昭）报书，手作以疑之也。"意谓钟会善于模仿他人字迹，其行径略似《水浒》中专门伪造公私信函之"圣手书生萧让"。此固然可以视为书法天才，但故事于钟会，确非以书法家目之者。

将钟繇、钟会父子共同列为书法家，当以《采古来能书人名》最早，其略云："颍川钟繇，魏太尉。同郡胡昭，公车征。二子俱学于（刘）德升，而胡书肥，钟书瘦。钟有三体：一曰铭石之书，最妙者也；二曰章程书，传秘书，教小学者也；三曰行狎书，相闻者也。三法皆世人所善。繇子会，镇西将军，绝能学父书。改易邓艾上事，皆莫能知者。"

此记载显然依据前引《四体书势》及《世语》而来，稍有增益。《采古来能书人名》作者或谓刘宋羊欣（370—442），或说萧齐王僧虔（426—485），如果以裴注为参照物，此篇年代应该稍晚于裴松之（372—451），故成于王僧虔之手可能性较大。

《后画中九友歌》

清初吴梅村（伟业）有《画中九友歌》之作，咏董其昌、杨文骢、程嘉燧、张学曾、卞文瑜、邵弥、李流芳、王时敏、王鉴九人，抗战中番禺叶遐庵（恭绰）先生仿其体成《后画中九友歌》，分咏齐白石、黄宾虹、夏敬观等九人，歌曰：

  湘潭布衣白石仙，艺得于天人不传，落笔便欲垂千年。（齐白石）
  新安的派心通玄，驱使水石凌云烟，老来万选同青钱。（黄宾虹）
  映庵长须时自妍，胶山绢海纷游畋，已吐糟粕忘蹄筌。（夏鉴丞）
  名公之孙今郑虔，闭关封笔时高眠，望门求者空流涎。（吴湖帆）
  更有嵩隐冯超然，俾夜作昼耘砚田，画佛涌现心头莲。（冯超然）
  王孙萃锦甘寒毡，子固大涤相后先，上与马夏同周旋。（溥心畬）
  越园避兵穷益坚，有如空谷謦兰荃，妙技静似珠藏渊。（余越园）
  三生好梦迷大千，息影高踞青城巅，不数襄阳虹月船。（张大千）
  昙珠风致疑松圆，日亲纸墨宵管弦，世人欲杀谁相怜。（邓诵先）

九友歌墨迹影印在平衡所编《书法大成》中，神定气闲，信为遐翁得意书。

吴湖帆《烛奸录》记《快雪时晴帖》真赝

《快雪时晴帖》是乾隆所定"三希"之一,帖后有赵孟頫跋:"东晋至今近千年,书迹传流至今者,绝不可得。快雪时晴帖,晋王羲之书,历代宝藏者也。刻本有之,今乃得见真迹,臣不胜欣幸之至。"

1934年,吴湖帆以上海市博物馆筹备委员及董事身份,接受故宫邀请,赴京鉴定文物,并担任故宫评审委员。

湖帆在京过眼文物甚多,乃将其中赝伪者抄为一册,题名《烛奸录》。此书首条便是《快雪时晴帖》,吴湖帆记载云:"元人双钩本,或即赵松雪伪作,因赵题以下皆真迹。"

按,《快雪时晴帖》后赵孟頫跋语是延祐五年奉敕之作,直接将此帖指为赵孟頫伪造,不免唐突。至于吴湖帆说系元代双钩,亦与今认为唐人填廓不同,或许可以进一步讨论。

巴县杨量买山地记

王壮弘云今传西汉刻石可信者唯《群臣上寿刻石》《霍去病墓刻石》《杨量买山地记》《莱子侯刻石》等九种，余皆出伪造。《杨量买山地记》隶书五行，廿七字，地节二年（前68）立，文曰："地节二年囗月巴州民杨量买山值钱千百作业囗子孙永保其毋替。"原碑在巴县江口乡武庙后园村，清道光中钱安父（志安）买石回浙，后归吴荣光，咸丰十年毁于火，拓本流传至稀。《买山记》载见赵扬叔（之谦）《补寰宇访碑录》，三巴古刻此为最早。

此记叶鞠裳（昌炽）《语石》目为伪造，叶云"三巴杨量一刻，则为伪托也"。然以书体考之，西汉碑刻，最早为赵二十二年（前158）《群臣上寿刻石》，纯用篆法，间有隶书笔意。次为《鲁北陛刻石》（前149），虽作篆体，隶书笔意尤浓。《买山记》较之晚八十一年，汉隶风格开始形成，而仍未完全摆脱秦篆影响，结体或长形或正方，不似东汉隶书趋于扁平，左右取势，故其书体特征与时代相符。且清代伪造碑志之风，山左最盛，巴蜀僻壤，尚未波及，径指此为伪托，似不妥当。

秦代即有隶书，《说文》云："是时秦烧灭经书，涤除旧典，大发隶卒，兴役戍，官狱职务繁，初有隶书，以趣约易。"至东汉灵帝时，上谷王次仲始规范古隶而为八分。此记笔道劲挺，点画略带波磔，风格与阜阳西汉竹简接近，正前汉古隶代表。方朔《枕经堂题跋》评《买山记》书法云："结体浑朴，波磔劲拔，意在篆隶之间，与《五凤二年刻石》不相上下。"五凤刻石较买山记晚十二年，屡经剜剔，全不似此记纯朴自然。

何子贞人日游草堂题联

何绍基（1799—1873），字子贞，号媛叟，湖南道州人。道光十六年进士，官翰林院编修，咸丰初授四川学政。子贞工六体书，更兼才思敏捷，善制偶语，故蜀中名胜多留子贞墨宝，其最著者为题成都杜甫草堂工部祠联："锦水春风公占却；草堂人日我归来。"

人日（正月初七）游草堂之俗不考始于何时，上元二年（761）高适在蜀州有《人日寄杜二拾遗》诗云："人日题诗寄草堂，遥怜故人思故乡。"咸丰四年何子贞典试果州（今南充），返署途中撰成此联，抵成都才正月初四，为符"人日归来"之语，先住城外梵安寺（在工部祠侧，今已划归草堂），初七为草堂书联后方回官邸。

此联既出，影响甚大，同治初有长沙上林寺僧慧舲，任梵安寺知客，别工部祠还湘时有句云"锦水春风公入蜀，草堂人日我还湘"。即化用子贞联语。

子贞书法，初习颜鲁公、大小欧阳，又融北魏张黑女墓志笔意，自成一格。先生执笔主回腕，所作行书，秀逸中时见奇崛，决无时人流滑之弊。六十岁后潜心汉碑，临《张迁》《礼器》等数百本，今上海书店影印"何绍基临汉隶十种"，即其晚年书课。

何子贞人日游草堂题联

　　子贞此联作行楷书,俊丽秀雅,小字题署纯用颜法。写此联时子贞56岁,正其中年精力弥满之作。

汉中石门魏武摩崖

陕西汉中褒谷石门古隧道，摩崖众夥，其著者《开通褒斜道刻石》《石门颂》《杨淮表记》《石门铭》等。石门碑刻历来为世所珍，1962年，国务院将褒斜道石门及其摩崖石刻列为全国首批重点文物保护单位，至1960年代末，汉中修褒河水库，石门栈道将尽没水中，为保护古迹计，摩崖题刻悉迁汉中博物馆，筑石门汉魏十三品室陈列之。

十三品中有"衮雪"隶体大字，右行横题，字大逾尺，款书"魏王"，传为曹操献帝建安二十四年（219）所书。原刻在石门南约半里褒河水中一巨石上。此处石多，水浪冲激，势如飞雪，故魏武有此题。《褒谷古迹辑录》赞此书："滚滚飞涛雪作窝，势如天上泻银河。浪花并作笔花舞，魏武精神万顷波。"罗秀书云："昔人比魏武为狮子，言其性之好动也。今观其书，如见其人矣。"

曹操军务之暇，颇好笔翰，每与韦诞、钟繇、邯郸淳等交流笔法。魏武最长章草与隶书，庾肩吾《书品》谓其"笔墨雄瞻"。观"衮雪"两字，行笔流畅，气势雄浑，与汉隶凝重、古拙风格不同，而与《唐人书评》所称"操书如金花细落，遍地玲珑，荆玉分辉，瑶岩璀璨"接近，虽未必出于曹操之手，时代相差不应太远。唐玄宗《纪泰山铭》，隶书用笔全从此化出。

青城山玄宗御书敕

吾蜀青城山为道教第五洞天，山脚建福宫有长联，多至394字，其略云：

溯禹迹奠岷阜以还，南接衡湘，北连秦陇，西通藏卫，东峙夔巫，葱葱郁郁，纵横八百里舆图。试蹑屐登上清绝顶，看云岭光腾，红吞沧海，锦江春涨，绿到瀛州，历井扪参，须臾踏蜗牛两角。争奈路隔蚕丛，何处寻神仙帝库，丈人峰直墙堵耳。回思峨嵋秋月，玉垒浮云，剑门细雨，尚依稀绕襟袖间。况乃夜朝群岳，圣灯先列宿紫天，泉喷六时，灵液疑真君唾地。读书台犹存芳躅，飞赴寺安敢跳梁。且逍遥，陟檐匐岗，渡芙蓉岛，都露出庐山面目，难遮追攀。楼观互玲珑，今幸青崖径达。问当初华堵姚墟，铜铸明皇应宛在；

自轩坛拜宁封而后，汉标李意，晋著范贤，唐隐薛昌，宋征张愈，烈烈轰轰，上下四千年文物。漫借瓴考前代遗徽，记宫临内品，墨敕亲颁，曲和甘州，霓裳同咏，鸾章翠辇，不过留鸿爪一痕。可怜林深杜宇，几番唤望帝归魂。高士传岂欺予哉。莫道赵昱斩蛟，佐卿化鹤，平仲驰骤，悉缥缈莫逭荒事。兼之花蕊宫词，巾帼共谯岩竞秀，貂蝉画像，侍中与太古齐名。携孤琴御史曾游，吹长笛放翁再往。休提说，王柯丹鼎，潭峭跂鞋，那堪他沫水洪波，无端淘尽。英雄多寄寓，我亦碧落暂栖。待异日龙吟虎啸，铁船贾郁定重来。

下联"墨敕"云云，乃指唐玄宗手敕。青城山诸宫观，以天师洞名声最著。先是隋大业中有道士在山腰第三混元顶崖间筑延庆观，唐改称常道观，宋名昭庆观，或称黄帝祠，观后天师洞传为张道陵修炼处。唐开元初年，飞赴寺僧强夺常道观为寺，佛道官司惊动上方，开元十二年（724）玄宗手敕："观还道家，寺依山外旧所，使释道两所各有区分。"次年正月由常道观主甘道荣立碑并题款，晋原吴光逵勒石。因此碑涉及青城山佛道消长，故为常道观历代当家重视，至今保存完好。

唐玄宗李隆基（685—762），机暇雅好书翰，《宣和书谱》称其"临轩之余，留心翰墨，视见翰苑书体丑于世俗，锐意作章草、八分，遂摆脱旧学"。玄宗特长隶书，今传《纪泰山铭》《石台孝经》等皆用分书，行书碑刻只此一种，并《石台孝经》后批答数行，故此敕尤堪珍贵。《古泉山馆金石文编》云："常道观御书敕笔力遒茂，出入二王，不愧太宗、高宗家学。"

碑阴刻观主甘道荣楷书益州长史张敬忠奏表，结体遒丽，亦唐碑中不可多得者。《金石续编》云："唐释氏善书者颇多，羽士独少，甘书奏表，与王知敬、褚遂良相近，羽士书无过此者，亦名迹仅存，所宜保尚。"

颜真卿书鲜于氏离堆记

蜀中有鲁公碑刻三种：《大唐中兴颂》原碑在湖南祁阳浯溪之东山，四川翻刻有三，一在资中北岩，一在资中东岩，俱明代翻刻，不精且多漫漶，一在剑阁鹤鸣山，南宋所刻，今尚完好；《逍遥楼》榜书在梓桐、剑阁两处，亦属翻刻，原碑在广西临桂；唯《鲜于氏离堆记》系鲁公原迹。

《离堆记》在阆州新政县（今阆中仪陇），碑成唐宝应元年（762），鲁公54岁。新政离堆在嘉陵江中，有巨岩三面临水一面倚山，突兀而起，与母山似连而断，故名离堆。离堆山顶，有唐代京兆尹鲜于仲通、鲜于叔明故居，颜真卿《鲜于氏离堆记》即记其事。清南部令李澍咏离堆诗云："离堆突兀映斜熏，遥指山头不断云。诸嶂易迷七里雾，数峰拟住三茅屋。林峦斗绝形无偶，迁谪客来思不辞。苦雨凄风荆棘里，摩崖碑而滋台纹。"

《离堆记》较《多宝塔》晚十年，《东方朔画赞》晚八年，距《麻姑坛记》早九年，《颜勤礼碑》早十七年，为鲁公书法创作中期，个人风格即将形成时精心之作。就结体而言，《离堆记》与《东方朔画赞》最为接近，而篆隶气息较《画赞》尤浓，如朱长文《墨池编》所赞"点如坠石，画如夏云，钩如屈金，戈如发弩"，颜书特点已初具规模。或以广德二年（764）鲁公56岁时所书《郭家庙碑》为颜氏变法之始，则此碑导其先路。杨守敬《评碑记》题《离堆记》云："结体与《画赞》同，古茂雄伟之慨，高出今重刻《画赞》远甚。"

此碑为历代书学者所宝，然拓本流传至稀，清道光初郭尚先督学蜀中，于离堆崖下访得残石五片，完字仅存四十七。

杜工部南山诗碑

唐代诗人多擅书法，李白、杜甫、薛涛、杜牧、白居易等皆有书迹流传。太白《上阳台帖》，牧之《张好好诗》尤脍炙人口。杜甫（712—770），字子美，襄阳人，中年避乱入蜀，筑草堂于成都浣花溪畔，代宗永泰元年（765）沿岷江东下至夔州，买船出峡，病卒湘江舟次。

杜甫能书，陶宗仪《书史会要》谓其"于楷隶行草无不工"。今巴中市南龛摩崖有工部乾元二年（759）诗碑，标题"判府太中严公九日南山诗"，行书十行，行十八字，末行"乾元二年杜甫书"七字作楷体。全篇行笔多率意，而点画顾盼，别具特色。考乾元二年甫为华州司功参军，七月弃官至秦州（今甘肃天水），十月迁同谷（甘肃成县），十二月去陇入蜀，此碑或当时过巴中时所书。

杜甫书法在唐代不可算有成，而其论书则有独到处。《李潮八分小篆歌》中"书贵瘦硬方通神"一语至今传诵。唯此语后世多有误解，不可不辨。东坡《孙莘老求墨妙亭诗》："杜陵评书贵瘦硬，此论未公吾不凭，短长肥瘦各有态，玉环飞燕谁敢憎。"即针对老杜而言。杜诗原文"苦县光和尚骨力，书贵瘦硬方通神，惜哉李蔡不复得，吾甥李潮笔下亲"。《苦县》《光和》皆东汉蔡邕隶书碑，故"书贵瘦硬"

一语实指篆隶而言，暗讥当时李隆基辈所作隶书肥钝无骨力，与楷行诸体无关。东坡曲解杜意，为己书之丰腴辩。

近代书家成才轶事摭遗

当今之人学书略有小成，矜矜然每以书法家自命，虽逞一时之得意，最终有害进步，年来搜罗近代书学大师成才经历，分发奋、勤学、早慧诸门缕述之，期有裨于固步自封者。

发奋 沈尹默初不留心翰墨，某次以自作诗词张诸壁间，适陈仲甫（独秀）访友过此，谓友人曰：诗尚可观，其字甚俗，其俗在骨。尹默闻之大愧，始用心临池，再无间断。据尹默夫人褚保权回忆："先生自日本归国后，每日临池不懈，不论寒暑，以日罄尺八纸百张为度。先用淡墨写大字，一纸一字，待干后复蘸浓墨作中楷，背面作行书，如是者数年。遍临汉魏隋唐诸碑，并王褚米赵法帖，遂获帖学大师之誉。"无独有偶，启元白（功）先生早年学书，亦有类似经历。元白髫年习画，享名京华，唯书法大不佳，某次，族中（元白籍隶正黄旗）长者命笔，再三叮嘱，幸勿亲笔书款，可由汝师代劳。由是元白发奋学书，久之画名反为书名掩。

勤学 书家成才莫不经历一番苦辛，所谓"不是一番寒彻骨，那得梅花扑鼻香"。顷得何道州（绍基）临汉隶十种，《衡方碑》后有其文孙何维朴跋语，其略云："咸丰戊午（1858），先大父年六十，在济南泺源书院始习八分书，东京碑（指东汉隶书）次第临写，自立课程。庚午（1870）归湘，主讲城南，隶课仍无间断，而于《礼器》《张迁》用功尤深，各临百通。"《清稗类钞》亦谓道州："字学鲁公，悬腕作藏锋书，日课五百字，大如碗。"皆可见其用功之勤。海南祝嘉，年九十余，自述平生临碑帖一百二十种，每种皆百通，若《兰亭》《张猛龙》等用功逾千遍。王个簃为缶庐高足，晚年不废临池，每日早餐前写吴昌硕《石鼓文》一过，持之以恒，极少间断。当代印人，韩天衡作品最具特色，效者亦众。天衡成名前，尝披阅印谱千卷，手摹汉印万方，如此用心，岂浅学所能梦见。

早慧 聪慧本非成才决定因素，若明代书家文祝并称，文徵仲少拙于书，尝以书法拙劣被斥，祝枝山五岁能作擘窠书，有神童之誉，然两人书学成就并无轩轾。近世书家早慧者不乏其人，黔中女书家萧稚秋（娴），十三岁为广州大新百货公司落成典礼书"大好河山，四有兆众；新辟世界，十二重楼"丈二匹联，誉为"粤海神童"，与父铁珊一同出入南社，人称"南社小友"。越两年，孙中山在广州组织护法军政府，为筹款劳军，宋庆龄邀集当地名家举行书画义卖，稚秋亦与其盛，得宋庆龄亲授奖状。笄龄以《散氏盘》临本见知于南海康长素（有为），康为题诗云："笄女萧娴写散盘，雄深苍浑此才难。应惊长老咸避舍，卫管重来主坫坛。"稚秋则书"大哉南海，撮尔须弥"八字榜书为报，南海大喜，遂引为入室弟子。朱复戡先生七龄作集《石鼓文》五言八尺联，吴昌硕过怡春堂笺扇庄见之，叹为希有，呼朱"小畏友"，十九岁经吴昌硕厘订，由商务出版《静龛印存》，遂名噪海上艺林。

师友 近代名家莫不师承有自。缶庐门下有王一亭、陈师曾、诸乐三、朱复戡、王个簃、沙孟海等。王瑗仲（蘧常）从师沈寐叟（曾植），晚年作章草，别具一格，日人以当代王羲之呼之。刘海粟、萧娴从康南海学，张大千、黄亮从曾农髯学，胡小石传清道人衣钵，商承祚出罗雪堂门下。吴湖帆清卿（吴大澂）文孙，邓尔雅容庚舅父。所谓自学成才者寥寥。朱复戡成名较早，既有《静龛印存》出版，私淑者甚众，邓散木在上海拜读此谱，心仪久之，以张大千、孙雪泥之介拜师求教，散木固未知复戡年少，及拜师之日，见师更幼于弟子，神态尴尬，乃改叩拜为三鞠躬，草率成礼。未几，散木改师赵古泥（石）学习篆刻，从萧蜕庵学习书法。古泥亦缶庐弟子，故散木辈分仍低于朱，不能以僭越视之。北平顿群字立夫，出身苦贫，自学篆刻有年，尝为王福庵（禔）杂役，每日为王收拾书房，见废纸笥中福庵印稿，悉予珍藏，剪贴作一大册，闲时展读，推敲点画，如是者数年，福庵不察。某日，王刻一印，不甚符意，本拟磨去，立夫在侧忽曰：老师此作甚佳，或可存之。福庵大惊，问：汝亦解治印？立夫遂出平昔所集福庵废稿及自己揣摩之作请教，福庵感其勤奋，收归门下，立夫艺事自此大进。

广见闻　宾虹老人授林散之学艺法门云："凡病可医，唯俗病难医。医治有道，读万卷书，行万里路。读书多则积理富，气质换，游历广则眼界明，胸襟扩，俗病可去也。"散之聆此，即立读书远游之志。从宾虹受业三年，自海上归，挟一册一囊作万里行。自述经历，先登太室，攀华山，经金牛道入剑门，过嘉陵江至成都，沿岷江而到嘉峨，饱览蜀中胜景。取道渝州，出三峡，下夔府，觇巫山十二峰。出西陵至宜昌，泛舟洞庭，登匡庐、九华、黄山，跋涉一万八千里，写生八百余帧，得诗两百余首。壮游归来，悟山水之奥秘，师造化之端倪，书画皆大进。

学养 近代学者兼工艺事者尤夥,章太炎善书,上海书画出版社影其篆书千字文一卷,题谓付儿辈识字用。其用笔略似赵凡夫(宧光)之草篆,然太炎精研小学,故绝无凡夫杜撰之弊。黄季刚(侃)、顾羡季(随)行草取法唐贤,梁任公(启超)、周知堂(作人)楷书师承魏碑。乔大壮、潘伯鹰词人本色,马一浮、谢无量儒者风度。他若郭沫若、张宗祥、马夷初、郭绍虞、朱东润皆学者书家之佼佼者。马叔平主持故宫博物院,长于金石之学,治印亦有心得,有《凡将斋印存》行世。文学家鲁迅、夏丏尊、闻一多、茅盾皆能篆刻。书法家中亦多学者,沈尹默、胡小石、高二适、王蘧常、陆维钊、沙孟海、启元白等,或精诗词,或通经史,或长考据,书家学者两位一体。1980 年沙孟海病膀胱癌在北京治疗,暑期致函刘江,论及书家学养云:"一般书人,学好一种碑帖,也能站得住。作为专业书家,要求应更高些,就是除技法外必须有一门学问做基础,或是文学,或是哲理,或是史事传记,或是金石考古……当前书法界主张不一,无所折中,但如启功先生有学问基础,一致推崇,颠扑不破。回顾二十年代、三十年代上海滩上轰动一时者,技法未始不好,后来声名寂然,便是缺少学问基础故。这点我们要注意。"沙孟翁此语尤发人深省。

侠妓薛素素

明末秦淮歌妓多擅艺事,考诸钱牧斋《列朝诗集小传》,姜舜玉、朱无暇、杨宛淑、薛素素等,皆以书画为能事。顷阅上海书画出版社印《明清楹联》,有素素真书楹帖:"但将竹叶消春恨;应共桃花说旧心。"款云:"阿姊湘兰集唐句命书,妹薛氏素素。"马守真字湘兰,亦秦淮名妓。此联殆薛素素写赠马湘兰者,真伪虽未可知,偶忆清蒋元龙论印诗云:"曾见河东小印章,横波封号也堂堂,风流旧院赢佳话,马四娘与薛五娘。"原注云:"友人见示青田冻石白文小方印如是二字,传为河东君物。顾夫人画兰用横波夫人印,马湘兰有守真元元子朱文方印,薛素素有素君、五娘二印,皆于画幅中见之"。亦以马、薛并称。

素素名五,字润卿,江苏吴县人,诗、书、画、琴、弈、绣无所不能,尤工水墨大士、山水兰竹。胡应麟《甲乙剩言》云:"素素姿度妍雅,言动可爱,能书,作《黄庭》小楷,尤工兰竹,下笔迅扫,各具意态,虽名画好手,不能过也"。今美国火奴鲁鲁美术馆藏其《墨兰图》,北京故宫博物院藏的《兰竹松梅图》《兰石图》《溪桥独行图》《兰竹图》,南京博物院藏《吹箫仕女图》。其《兰竹图》与《吹箫仕女图》尤著名,《仕女图》题"玉箫堪弄处,人在凤凰楼。薛氏素君戏笔",

钤白文印"沈薛氏"。据《藕香簃别钞》云,"沈者,沈德符虎臣纳之为妾。后不终,复嫁为商人妇"。《兰竹图》纸尾有张芑堂(燕昌)跋:"二十年前所得《吹箫仕女》小幅,盖素素自写真,上有白文印曰:沈薛氏,素素殆归沈孝廉德符时笔也"。

素素自负侠名,《列朝诗集小传》载其轶事:"素素吴人,能画兰竹,作小诗,善弹走马,以女侠自命,置弹于小婢额上,弹去而婢不知,广陵陆弼《观素素挟弹歌》云:酒酣请为挟弹戏,结束单衫聊一试,微缠红袖袒半韝,侧度云鬟掩双臂。侍儿拈丸著发端,回身中之丸并坠,言迟更疾却应手,欲发未停偏有致。自此江湖侠少年皆慕称薛五矣。少游燕中,与五陵年少挟弹出郊,连骑邀游,观者如堵。"《无声诗史》更云:"薛素素善驰马挟弹,能以两弹先后发,必使后弹击前弹,碎于空中。又置弹于地,以左手持弓向后,右手从背上反引其弓以击地下之弹,百不失一。绝技翩翩,亦青楼中少双者。"真神乎技矣,小说家闻此,大可演绎传奇一部,以侠妓呼之,当不过誉。

素素虽负才学,色衰后境遇坎坷,数嫁不终,晚归吴下富家翁,为房老(妾之年长色衰者)以死。

《明清楹联》册中又有河东君(柳如是)墨妙,题望海楼联:"日毂行天沦左界;地机激水卷东溟。"款书只"柳是"二字,他日重印陈寅恪先生《柳如是别传》正宜将此联附入。

闲话闲章

闲章之制不考始于何时,沙孟海《印学史》以古玺中"千秋"、"敬事"、"正行无私"等吉语印为闲章之滥觞。吉语入印,秦汉最夥,秦小玺"疢疾除,永康休,万寿富",汉金印"建明德,子千亿,保万年,治无极"是也。此类印文字有极长者,如《后汉书·舆服下》云:"佩双印,长寸二分,方六分……刻书文曰:正月刚卯既决,灵殳四方,赤青白黄,四色是当。帝令祝融,以教夔龙,庶疫刚瘅,莫我敢当。疾日严卯,帝令夔化,慎尔周伏,化兹灵殳。既正既直,既觚既方,庶疫刚瘅,莫我敢当。凡六十六字"。又有"黄神越章",《抱朴子内篇·登涉》云:"古之人入山者,皆佩黄神越章之印,其广四寸,其字一百二十,以封泥著所经之四方各百步,则虎不敢近其内也"。此亦可证所谓吉语印实属佩印,行止佩之,用辟不祥。且古印谱中"出入大吉"、"日利"、"大年"、"思言敬事"等,无虑数十百,制多同一,疑当时由印坊成批铸造,士佩诸衣带,用为装饰。后世闲章文辞隽雅,制作多样,用途广泛,与此不可同日而语也。

闲章又称成语印,邓散木《篆刻学》谓肇端于南宋贾秋壑(似道),秋壑有印"贤者而后乐此"。赵松雪(孟𫖯)印"好嬉子",王元章

（冕）印"会稽佳山水"见于所作书画。"琴罢倚松玩鹤"、"七十二峰深处"乃文彭印章之硕果仅存者。明文徵仲生成化庚寅（1470），取《离骚》语"唯庚寅吾以降"制作朱文小印，其长子文彭字寿承，有印"窃比我于老彭"，次子文嘉字休承，印曰"肇锡余以嘉名"，皆成语印之至佳者。

成语入印宜贴切而忌生硬，尝见一日人来华作书，引手辄钤"我来自东"四字，语出《诗·东山》，虽符事实，终嫌倨傲。又有写《石鼓文》者，用韩文公"才薄将奈石鼓何"语入印，自见谦抑。《篆刻学》谓，某生于甲子，遂效文衡山骚语印，刻作"唯甲子吾以降"，不学无术，徒贻识者笑。

明唐子畏（寅）小时了了，童髻中科第一，弘治戊午（1498）复以第一举于乡，因浼人刻"南京解元"朱文巨印，欣欣然有得色，次年己未，复会试第一，讵料旋即以科场案被黜，乃大恚愤，遂退居吴门，鬻画为活，又混迹烟花以求自污。此间有印"江南第一风流才子"，"龙虎榜中名第一，烟花队里醉千场"，皆愤世之辞也。晚年佞佛，读《金刚经》偈"一切有为法，如梦幻泡影，如露亦如电，应作如是观"，豁然开悟，感前尘如梦，遂号"六如"。

苦瓜和尚（石涛）闲章多有可记者，早年用印"搜尽奇峰打草稿"、"不从门入"、"得未曾有"，中年后续有"头白真然不识字"、"眼中之人吾老矣"、"前身应是画师"、"欲今为庶为清门"等。张大千仿石涛笔意之作，辄钤"苦瓜滋味"。石涛号"瞎尊者"，邓散木为白蕉刻此三字，款云："癸卯春为蕉上座上此尊号，百年后好与苦瓜和尚配对也"。石涛有印"小乘客"，启元白作书亦钤此。

闲章可用记籍里，袁随园（枚）"钱塘苏小是乡亲"，邓完白（石如）"家在四灵山水间"，陈秋堂（豫钟）"西泠钓徒"，齐白石"中国长沙湘潭人也"，张丛碧（伯驹）"重瞳乡人"。可以记生辰，郑板桥"雪婆婆同日生"，吴昌硕"雄甲辰"。可记履历，梁章钜"二十举乡，三十登第，四十还朝，五十出守，六十开府，七十归田"，郑板桥"康熙秀才，雍正举人，乾隆进士"，黄牧甫"二十射策三十登坛"，吴昌硕"一月安东令"、"弃官先彭泽令五十日"，康有为"维新百日，出亡十四年，三周大地，游遍四洲，经三十一国，行六十万里"等，皆脍炙人口者。

书画家闲章或以寄兴，或以言志，品类最多。八大山人"可得神仙"，傅青主自称"我是如来最小之弟"，髡残印"一个闲人天地间"，郑板桥"青藤门下牛马走"，赵扝叔"定光佛再世坠落娑婆世界凡夫"、"汉后隋前有此人"，蒲作英"俗可医"等，设句出奇。高凤翰晚年病痹，以左手作书画，治金石，自刻印"一臂思扛鼎"、"左军司马"。汪士慎眇一目，有印"尚留一目看花梢"。吴昌硕重听，号"大聋"、"聋缶"，有印"听有音之音者聋"。邓散木刖去一足，刊印"夔一足"。吴湖帆病鼻渊，屡治不效，有印"一窍不通"。林散之浴室仆跌致右手二指受伤，有印曰"瑶池归来"，并赋诗云："伏案惊心七十秋，未能名世竟残林。情犹未死手中笔，三指悬钩尚苦求"。皆令人忍俊不禁者。傅抱石嗜杯中物，自谓酒后书画更佳，得意之作辄钤"往往醉后"。

藏书家钤印多收藏、鉴赏、校订一类，又有用闲章者。鱼元傅闲止楼藏书印"每爱奇书手自抄"，"悔不十年读书"。顾千里思适斋藏书印"时思误书亦是一适"，"好书堆案转甘贫"。明祁尔光澹生堂藏书印文句最长"澹生堂中贮经籍，主人手校无朝夕，读之欣然忘饮食，典衣市书恒不给，后人但念阿翁癖，子孙益之守弗失"。藏书苦甘，油然印上矣。

又有悼亡印，赵㧑叔妻女皆早逝，因号"悲盦"，刻印"我欲不伤悲不得已"，"俯仰未能弭，寻念非但一"，"如今是云散雪消花残月阙"。又刻"餐经养年"，边款作造像，追荐亡妻女。吴昌硕晚年梦亡妻章夫人，因刻"明月前身"，边款勒夫人侧影。钱君匋父以1954年病卒，君匋刻"云黯风凄寂照西"巨印悼之。

肖形印亦闲章一种，萧山来楚生所作最多，或拟造像，以神佛八仙图案入印，或作生肖，将阖家大小属相悉聚一印，题句"合家欢喜"。又为夫妇刻印，作犬追兔形，款题"迪功生癸卯，瑞衣生庚戌"，生动有趣。

跋王舍人碑

《王舍人碑》1982年平度出土，仅存碑额及碑身下段，文字残烂，事迹无考。末行光和六年己酉立，灵帝年号，公元183年也。碑额篆书存"汉舍人／王君之"两行六字，"之"字以后所缺者合是"碑"字，则"舍人"下只能填一字，悬疑甚久，不得其解。前承姜兄以拓本见惠，日夕摩挲，忽然有悟。"舍人"之后必是"故"字，全额为"汉舍人故王君之碑"八字。按，汉碑额"故"字多冠职官以前，然《韩仁铭》额"汉循吏故闻熹长韩仁铭"，"故"字居"循吏"以后，则"舍人故王君"云云亦非孤证。今以拓本转奉九喜尊兄，漫书浅见如上。

吴湖帆二十四斋室图

近世艺术家以吴湖帆家学渊源最为深厚。湖帆名翼燕，字遹骏，中年有丧妻之痛，乃改名倩，号倩庵。湖帆书画享名甚早，与溥心畬合誉"南吴北溥"，又与吴待秋、吴子深、冯超然有"三吴一冯"之称。谢玉岑云："当今书画大家，首推张大千、吴湖帆"。湖帆生甲午（1894），因与梅兰芳、周信芳、范烟桥、汪亚尘等二十人结"甲午同庚会"。湖帆为愙斋（吴大澂）文孙，具足慧根，幼时从陆廉夫（恢）作画为戏，愙斋见之有谓："有嗣如此，死复何恨"。临殁遗语家人："为我善视万儿（湖帆小名万）。"愙斋收藏太半归湖帆，其外祖沈均初（树镛），岳丈潘伯寅（祖荫）、仲午（祖年）皆富收藏，故湖帆斋中，鼎彝书画最多精品。

前记斋馆别号，近世艺术家斋馆别号最多者，允推吴湖帆。湖帆斋室皆以收藏命名，因倩海上丹青名手为制二十四斋室图，裱作两卷，自题每一室得名之缘起于画上。

沈剑知作《宝董室图》。宝董室本沈均初斋名，均初得董北苑《夏山图卷》，乃浼赵㧑叔刻"宝董室"，钱叔盖刻"宝董阁"印，湖帆生母沈静研系均初女公子，故董北苑画虽不在吴处，印则归湖帆所有，其后得董香光（其昌）为王烟客书《戏鸿堂摹古法帖》十卷，"宝董"遂名副其实矣。

吴子深作《双修阁图》。湖帆所藏宋拓《梁萧敷敬太妃双志》为海内孤本，潘静淑夫人因号"双修阁内史"。

吕万作《宝秦权斋图》。光绪初，吴愙斋得秦铜权于河朔，遂建此斋，越六十年，湖帆又得秦权数枚，因袭其号。

冯超然作《梅景书屋图》。梅景书屋为吴湖帆主要斋室，若张大千之大风堂、王福庵之麋研斋、赵叔孺之二弩精舍，桃李遍及海内外。民国辛酉（1921），潘静淑三十岁，乃父潘仲午出旧藏南宋景定辛酉（1261）宋伯仁刻《梅花喜神谱》为寿，书屋由此得名。一说"梅景"乃于《梅花喜神谱》与米芾之《多景楼诗册》各截一字而成。

萧俊贤作《归鼎图》。吴愙斋旧有宋微子鼎，上铸周愙之文，愙斋之号由此而得，尝作《愙鼎歌》七言古风纪事。鼎本斋中重镇之宝，历乱佚去，1945年湖帆以重价重得于厂肆，大喜，拓百份赠诸戚好，广征题咏，并图此纪事。

夏敬观作《四欧堂图》。潘夫人于归湖帆时，奁中有宋拓欧阳询《化度寺》《九成宫》《皇甫府君碑》，以为嫁资，愙斋旧授湖帆则有宋拓《虞恭公碑》，合而为四，遂筑四欧堂。湖帆夫妇四子女皆以"欧"为名，曰孟欧、述欧、思欧、惠欧，此又可作四欧堂之别解。

张大千作《迢迢阁图》。湖帆藏米元章大书《多景楼诗》，帖中有句"迢迢沧溟六鳌愁"，后又得黄山谷草书《李白忆旧游诗》，残帖首句"迢迢访仙城"，故以"迢迢"为号，并由陈巨来镌"迢迢阁"朱文印钤米、黄书卷上。

陈子清、吴湖帆合作《丑簃清閟图》。湖帆有《隋常丑奴墓志》，号"丑簃"，又得《隋董美人墓志》之初拓本，镌"既美且丑"纪之。

汪旭初作《佞宋词痕图》。吴氏伉俪从朱古微（孝臧）、吴霜厓（梅）学倚声，湖帆有《佞宋词痕》，近见影印湖帆手写本，共得429首。潘静淑夫人有《绿草词》一卷，潘殁，湖帆乃以《绿遍池塘草》为题，广征图咏。

张叔通作《十六金符斋图》。吴愙斋先有汉虎符八枚，称"八虎符斋"，继获隋唐龟符四、鱼符四，更名"十六金符斋"，拓《十六金符斋印谱》廿六卷传世，并倩黄牧甫刻十六金符斋印。

陆俨少作《清梦吟巢图》。湖帆于词最爱周清真、吴梦窗两家，所谓"婉转缠绵，令人陶醉其间"，遂截"清"、"梦"两字颜室。

唐云作《淮海草堂图》。湖帆居沪上淮海路，又藏南宋乾道刻本《淮海词》三卷，遂以淮海名画室。

谢稚柳作《昭陵八骏之斋图》。湖帆藏宋拓昭陵碑三种，明拓五种，以昭陵八骏譬之。

糜耕云作《万宜楼图》。楼在苏州，为吴氏世家藏书之所。

此外，郑午昌作《渔庄图》、溥心畬作《魏墨楼图》、吴待秋作《仿黄大痴富春山居图》、陈小蝶作《宝石山房图》、樊少云作《二十八将军印斋图》、朱屺瞻作《辟非玉印小室图》、黄西爽作《羽阳阁图》、刘海粟作《百宋陶斋图》、应野平作《后村别墅图》，殿以程十髪之《七姬造像图》，共二十四幅。

湖帆斋馆虽多。什九自图上、印上起造，未必实有。曾得虞世南手迹，拟筑"虞斋"，吴霜厓戏曰：大可以虞斋为正堂，四欧堂、玉华仙馆（潘

119

夫人家先世有御赐玉华砚,因砚质洁如堆雪,润若凝脂,湖帆遂题室名曰玉华)、宝董室、梅景书屋为两庑,如圣门四配,睥睨千古而不朽矣。湖帆果如仪而制。

双桂堂二僧书法

启元白先生论书百绝之八十三云："憨山清后破山明，五百年来见几曾，笔法晋唐原莫二，当机文董不如僧。"诗咏憨山德清、破山海明，皆明末禅僧，并工书法。诗后有小注云："先师励耘老人（陈垣）每诲功曰，学书宜多看和尚书，以其无须应科举，故不受馆阁字体拘束，有疏散气息。且其袍袖宽博，不容腕臂贴案，每悬笔直下，富提按之力。功后获阅法书既多，于唐人笔趣识解稍深，师训之语因之益有所悟。明世佛子，不乏精通外学者，八法道中，吾推清、明二老"。

破山和尚（1597—1666）吾蜀大竹人，明大学士蹇义之后，19岁在大竹佛恩寺披剃，法号海明，后入湖北黄梅

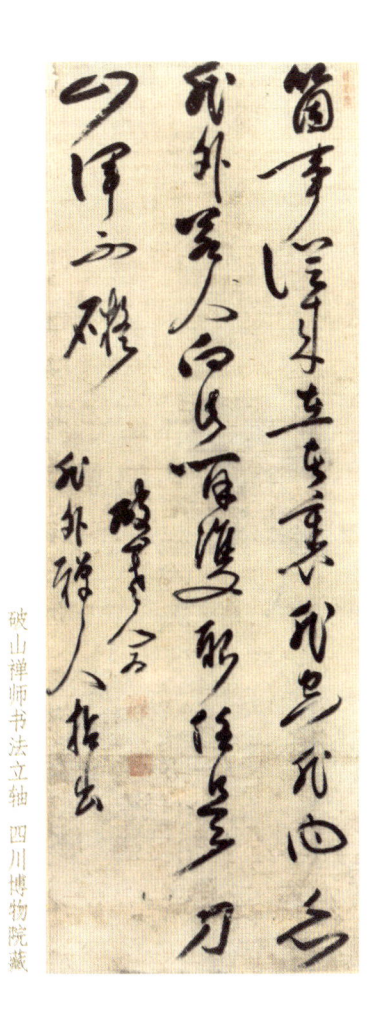

破山禅师书法立轴　四川博物院藏

破头山中坐禅，因号破山。持钵云游，至甬天童寺作打磬僧，传密云圆悟禅师衣钵，为曹溪第35代法嗣，学成将返川，圆悟赐桂树两株，语云：桂树何处生根，即于是处结茅。顺治十年因建双桂堂于梁平金带镇，遂为蜀地禅宗祖庭。

破山禅师遗墨存世至寥，又多归寺院保存，故俗间对其书法成就认识无多，香港《中国书法大辞典》载明季方外书家，若道忞、今释等，造诣俱在破山之次，而独以禅师付阙。

新繁龙藏寺碑宫刻有破山草书五律云："地冻雪留砌，天寒日照迟。游人愁出户，野鸟怯临枝。远岫云封壁，平溪水结弥。此时开雾色，扶杖过长堤"。

破山作书多率意，不囿陈法，所谓超然象外得其环中，为明代书家中特出者。启元白赞其草书："不以顿挫为工，不作姿媚之势，而其工其势正在其中。冥心任笔，有十分刻意所不能及者。"

晚清又有竹禅上人（1824—1900）住锡双桂堂。上人梁平人，俗姓王，自幼出家梁山报国寺，受具足戒于双桂堂，上人成名后每戏称"王子出家"，"报国削发"。竹禅经禅之暇雅好笔翰，壮年云游大江南北，所至名山古刹，多有留墨，体格高超，轶唐迈宋，得者珍之。又至上海开画展，声名尤著。

上人能以禅理贯通艺理，故书画皆奇崛，晚年居南海普陀山白华庵，撰《画家三昧》，详述绘人物、竹、石之法。此书颇风行于世，近年中国书店曾影印再版。作画最喜竹石，尝以吟风、烘晴、醉雨、承露为题，剪取四时竹影入画图。今新都宝光寺藏竹禅画作甚夥，尤多巨幅，自谓"老僧年迈七十七，终日手中不释笔，纸长丈二犹嫌短，信手拈

双桂堂二僧书法

来涂粉壁"。说法堂右壁有《捧沙献佛图》，通高六米，宽五米，乃竹禅七十三岁作于沪上者。上人书法则自创一格，以隶笔写篆字，自称"九分禅字"，说法堂左壁手写《华严经》序，其末有跋语云："如是之字体，从古未有也，曾经五十余年写成。如是，更其名曰九分禅字，与八分隶书而为筹。待时在光绪二十有二年小阳月，书于上海客次。九八加一老，衲衣人竹禅。"平心而论，竹禅之"九分禅字"虽奇，而变乱六书，较之破山禅门正宗，终未免野狐之诮。

光绪庚子（1900），上人应双桂堂僧众之请，携平生所作书画由沪返蜀，升任双桂堂第十代方丈，未经年即坐化于兹，世寿七十六，铭塔有联云："携大笔一枝，纵横天下；与破山齐名，脍炙人间。"横额"书画名家"。盖棺论定。

竹禅罗汉图　新都宝光寺藏

"忽忽不暇草书"臆说

卫恒《四体书势》推重张芝草书,有一长段议论,兹据《晋书·卫恒传》引录原文:

> 弘农张伯英者,因而转精甚巧。凡家之衣帛,必书而后练之。临池学书,池水尽黑。下笔必为楷则,号忽忽不暇草书。寸纸不见遗,至今世尤宝其书,韦仲将谓之草圣。

其中"忽忽不暇草书"六字在上下文间异常突兀,一直令后人迷惑,故宋代《宣和书谱》卷13将之修改为:

> 张芝字伯英,敦煌人也。……家有衣帛,必先书而后练。临池作字,池水尽黑。每作楷字,则曰匆匆不暇草书。其精勤如此,故于草书尤工。世所宝藏,寸纸不弃。韦仲将谓之草圣。

《宣和书谱》将《四体书势》之"楷则"坐实为楷书,文意很明确:"张芝写楷书之时,总是谦虚说:时间匆忙,来不及写草书。"《宣和书谱》

如此修改，语言逻辑没有问题，但"因为时间匆忙而来不及写草书"，不符合草书较楷书（隶书）便给之实情——同样文字内容，无论如何矜慎刻意，使用章草体或者大草体所花费时间皆远远少于楷书（隶书）。

或以为张芝时代草法初创，作草书需要构想安排，故花费时间。此说难于成立：出土所见，西汉简牍已经有草书，不待张芝创造；若谓创作草书需要构想安排，难道隶书、篆书创作就不需要构想安排，花费时间？

不特如此，张芝若在书札中言"匆匆不暇（作）草书"，其实不合礼仪。《三国志·魏书·刘廙传》言，刘廙作五官将文学，"文帝器之，命廙通草书。廙答书曰：初以尊卑有逾，礼之常分也。是以贪守区区之节，不敢修草"。由此知当时书仪，卑下上尊高之信函不得用草书。草书在平辈之间或许可以使用，但按照《宣和书谱》之意，分明是楷书（隶书）信函，却要说"因为时间匆忙而来不及写草书"，便不合情理。

正因为存在这些疑问，邓散木在《临池偶得》中创立新说。他将"匆匆不暇草书"标点为"匆匆不暇，草书"。邓散木解释说："这就是说时间匆促，来不及正正经经地写，只好草草作书。是自谦的意思。"

邓说乃是针对《宣和书谱》立论，此解释能否适用于《四体书势》原文呢？

首先"楷则"一词本是楷模之意，同时代人也用来形容书法，如《后汉书》卷14宗室四王三侯列传，刘皓在明帝时为北海王，传称其："善史书，当世以为楷则。及寝疾，帝驿马令作草书尺牍十首。"据卷10皇后本纪，和帝邓皇后"六岁能史书"，李贤注："史书，周宣王太史籀所作大篆十五篇也。"可见《宣和书谱》将原文"楷则"篡改为"楷

125

书"实属谬误。

"匆匆"则是当时人习语,《资治通鉴》卷75孙权敕朱据、屈晃曰:"无事匆匆。"注云:"匆匆,急遽不谛细也。"因此"号匆匆不暇草书"一句中,"号"之主语应该是张芝,即张芝自己号称云云。按照邓散木意见,可以将"下笔必为楷则,号匆匆不暇草书",翻译成白话:"张芝下笔矜慎、规范,堪为楷模,却自谦说:时间仓促,草草作书。"结合上下文完全通顺。

但事情并没有结束,我们又发现,早于《晋书》,刘宋裴松之注《三国志·卫恒传》也引有《四体书势》,文字与《晋书》小异,原文如下:

> 弘农张伯英者,因而转精其巧。凡家之衣帛,必书而后练之。临池学书,池水尽黑。下笔必为楷则,号匆匆不暇草。寸纸不见遗,至今世人尤宝之,韦仲将谓之草圣。

按照裴注引文,张芝谦辞不是"匆匆不暇草书",而是"匆匆不暇草"。另据《艺文类聚》卷74引《四体书势》也作"匆匆不暇草"。此外,《太平广记》卷209引王僧虔《名书录》亦说:"(张芝)家之衣帛必先书而后练。临池学书,池水尽墨。每书云:匆匆不暇草。时人谓为草圣。"

如果《四体书势》原文确实是"匆匆不暇草",则很难按照邓散木意见标点为"匆匆不暇,草",因此需要重新审视此句。

句中"草"字,除了"草书"、"草率"意思以外,还可以作动词,意为"起草"。如《南史·蔡景历传》:"召令草檄,景历援笔立成。"作名词意为"草稿",如《三国志·魏书·陈群传》裴注引《魏书》:

"每上封事,辄削其草。"如前说,"楷则"并不专指书法,也可以形容文章。那么"下笔必为楷则,号忽忽不暇草",译成白话,也可以是:"张芝文笔堪为楷模,却自谦说:仓促之际,没有时间作草稿。"结合上下文亦能通顺。

综上讨论,《四体书势》原始版本此句为"下笔必为楷则,号忽忽不暇草",按照卫恒原意,乃是在表扬张芝书法以后,兼及其文笔。此书流传过程中,浅人在"草"字以后,望文生义添加"书"字,遂成为"下笔必为楷则,号忽忽不暇草书",《晋书》即采用这个版本。但肯定有人意识到"忽忽不暇草书"一句存在问题,所以《宣和书谱》又修改为"每作楷字,则曰匆匆不暇草书",结果变得更加荒谬。

作为题外之论,还可以探讨书法家究竟有无可能出现"(因为时间)忽忽,(而)不暇(作)草书"之情况。

受者要求草书作品,书法家却用其他书体应付,这种情况可能发生,但时间仓促不会成为借口,更不会成为美谈。可也有例外,陕西人民美术出版社曾经影印过一份《于右任书千字文》,原件草书十四屏,于右任有跋语云:"以意为之,非标准草书也。"这确实可以和"忽忽,不暇草书"相类比,但存在前提:张芝用章草(或者大草)给人写了一幅字,然后感叹说,因为时间仓促,所以没有能给你写大草(或者章草)。如果情况真是如此,卫恒将之简化成"下笔必为楷则,号忽忽不暇草书"寥寥13字,恐怕无人能够明白前因后果。故余意原文"下笔必为楷则,号忽忽不暇草",专指文笔,而非指书法。

张大千手书招贴跋

张大千与中医界交往颇多，郫筒名医薛遂亭尝愈大千夫人产后痼疾，大千亲为题赠："良医自是肱三折；盛事终当继八萧"。顷于成都中医药大学医史博物馆见大千民国丁亥（1947）为成都骨科名医罗禹田所书行医招贴"骨科医师罗禹田诊治处"，原件系八尺单条，字大径尺。

大千早岁从曾农髯、李瑞清习字，曾为南派，奉《石鼓》《鹤铭》为圭臬，李是北宗，以龙门、墓志为至宝。大千有此二师，遂能融南北碑帖于一炉，形成兼具凝重、婀娜、雄健、秀逸之风格。大千书法传世以行草居多，此作为行楷书，胎息《瘗鹤铭》，字势雄浑不失端谨，"诊"字长撇，"处"字末捺，又见黄山谷余韵，确为大千中年精心之作。

武穆墨宝

坊间所售岳武穆墨宝，若《吊古战场文》《古柏行》、"精忠报国"、"还我河山"字幅等，皆属伪造。又有武穆绍兴戊午（1138）草书诸葛武侯《前后出师表》亦为赝鼎。

《出师表》流传甚广，最初刻石当在南阳武侯祠，帖后有跋云："绍兴戊午秋八月，过南阳，谒武侯祠，遇雨，遂宿于祠内。更深秉烛，细观壁间昔贤所赞先生文词、诗赋及祠前石刻二表，不觉泪下如雨，是夜竟不成眠，坐以待旦。道士献茶毕，出纸索字，挥涕走笔，不计工拙，稍舒胸中抑郁耳。岳飞并识"。文末钤"少保"、"岳飞私印"白文两枚。嗣后，各地皆有翻刻者，尤以成都武侯祠、汤阴岳庙、西湖岳庙、西安碑林、济南大明湖遐园者名声最著，然人多不识其伪。

今考岳武穆墨迹可信者唯南宋曾宏父《凤墅帖》中"与通判学士书"等数札，飞字学东坡，其孙岳珂《宝真斋法书赞》论之甚详，《凤墅帖》中飞书虽略嫌肥钝，然决不似此《出师表》靡弱无骨力也，此可疑之一。又《前出师表》中"先帝在时，每与臣论此事，未尝不叹息痛恨于桓、灵也"。"桓"为钦宗赵桓讳，而表中未缺笔，以飞之忠信，不当疏忽如此，此可疑之二。欧阳辅《集古求真续编》论此帖云："署名为岳飞书，实伪作也。岳本能诗能书,惟英年许国,志复中原,未暇沾沾于笔墨,故真迹罕见。表后作岳公自记一段,尤为不伦。岳公此时,正为高宗奖任,锐意恢复,气贯虹日,何至一夜而迭作楚囚之泣。且遇雨留宿,明旦而僧索书,又何暇书此千三百字之多耶?于事亦不合理。其字与《古柏行》《醉翁亭记》,差似一家所出,殆亦白麟等所伪托乎"。同书《醉翁亭记》条又云:"相传为苏轼书,实明人所伪造。川中有孔明庙《古柏行》,浙有《岳忠武出师表》,皆明人恶札,与此记如出一手,俱不足存。"又云:"明人杂著云,《东坡醉翁亭记》有草书一本,乃成(化)、弘(治)间士人白麟所伪也。"故知《出师表》实出明白麟之手,固非武穆真迹。

近阅《吉林大学藏古玺印选》,收武穆遗印一枚,印似为铜质,有钮,可一寸四分见方,朱文"岳飞"两字,纯宋人篆法。据罗奉高(继祖)云,此印系乃祖贞松堂(罗振玉)旧物,五十年代捐献吉大历史系者,并谓"宋代岳飞未见第二人,则此印确为武穆遗物,况其质地、篆文皆经专家鉴定,应无疑义矣"。其果然欤。

楹帖琐话

楹帖之制始于后蜀孟昶，《楹联丛话》考证已详，不待喋喋。而书家以手楹帖为乐事，则肇端明末，作品流传以董香光、赵凡夫、张二水最夥。入清写楹帖之风更甚，以书法成就论，明清楹帖实堪与晋人尺牍、唐人碑版、宋人小品相抗行。近年坊间影印前贤楹帖甚多，因仿梁退庵《楹联丛话》之例，成琐话数则，信笔为之，都无次第。

林少穆（则徐）联"苟利国家生死已；岂因祸福避趋之"。脍炙人口矣。1985年为纪念少穆诞生两百周年，邮电部发行纪念邮票两枚，其一为少穆造像，由费孝通手录此联于像侧。又见《中国书画报》刊冰心老人书此联，误"已"为"以"，令人遗憾。

古今修身立志联句甚多，余独爱齐白石撰书"耻沽身外誉；羞作口头交"十字。

孙中山联"愿乘风破万里浪；甘面壁读十年书"。周恩来联"与有肝胆人共事；从无字句处读书"。皆可书为座右。

高二适辩论《兰亭序》真伪，忤郭沫若，遂致晚境坎坷，犹著书不辍，写联明志云："一息尚存，此志不容稍懈；十手所指，吾心安可自欺"。

时下书家为人写联，不外"室雅何须大；花香不在多"、"有竹人不俗；无兰室自馨"数种，了无生气，宜多阅前贤隽雅联作，下笔自然生动。左光斗联"风云三尺剑；花鸟一床书"。邓完白"客去茶香留舌本；睡余书味在胸中"。黄钺"旧书细读犹多味；佳客能来不费招"。厉鹗"相见亦无事；不来忽忆君"。伊秉绶"梅花百树鼻功德；茆屋三间心太平"。张廷济"出人意表发奇论；入我眼中都好诗"。林琴南"句为偶拈无次第；梦常半记不分明"。梁启超"清风不敢私囊箧；明月侥肯留庭隅"。柳翼谋"天地有正气；园林无俗情"。

《中国书法大辞典》近代书家之部载名家所题名胜楹帖多帧，写作俱佳，而一般名胜联话多失载，迻录三首。汪文溥书无锡管山虞姬峡项王庙联："到此疑仙，蓬壶、瀛州、方丈；不知有汉，美人、名马、英雄"。杨度书岳阳楼联："风物正凄然，望渺渺潇湘，万水千山皆赴我；江湖常独立，念悠悠田地，先忧后乐更何人"。李徐生翁撰书西湖岳庙联："名胜非藏纳之区，对此忠骸，可半废西湖祠墓；时势岂权奸能造，微公涅臂，有谁话南渡君臣"。

何子贞（绍基）平生书联无算，有求字者各视其身份地位触兴口占，百无一同。其佳者"书为半酣差近古；诗虽苦思未名家"。"自知性僻难谐俗；且喜身闲不属人"。"灯前红豆尚书句；眼底青山小谢诗"。题峨眉山联："瓦屋寒堆春后雪；峨眉翠扫雨余天"。咸丰中，有军门郭松林字子美者，喜何子贞书法，数求不遂，因许以千金，更胁之以刃，子贞不得已，漫书一联付之云："古今双子美；前后两汾阳"。所谓不虞之誉而讽在其中矣。

清六舟和尚精椎拓，阮芸台（元）以金石僧呼之，又应陈芝楣中丞之请，入主吴门沧浪亭畔之大云庵，齐梅麓赠联云："中丞教作沧浪主；相国亲呼金石僧"。颇贴切。

李调元《雨村诗话》云："京师各官住宅，每岁首，大门春联皆书'圣恩天广大；文治日光华'二句。丹徒王梦楼先生独不用，以己名文治故也。同馆者遂戏呼梦楼浩君为光华夫人。"1981年庆祝建党60周年，王瑗仲（蘧常）改联作颂辞云："神州春浩荡；大地日光华。"刊载上海《书法》杂志，吴藕汀好发怪论，《药窗杂谈》对此颇有微词。

乾隆得右军《快雪时晴帖》、大令《中秋帖》、王珣《伯远帖》，因筑三希堂于养心殿之西暖室，室小如舟，壁间张自书楹帖"深心托豪素；怀抱观古今"。

汪敬集东坡句："诗从肺腑出；心与水月凉。"胡菱甫集《汉书·扬雄传》、史游《急就篇》："清静无为少嗜欲；知能通达多见闻。"赵㧑叔集龚定盦《己亥杂诗》："别有狂言谢时望；但开风气不为诗。"杨大瓢集韦庄、储光羲句："佳气生朝夕；清言见古今。"吾蜀刘孟伉赠时医李重人联："从容经论探灵室；揆度奇恒识玉机。"沙曼翁赠医联："上工治未病不治已病；是药能医人亦能杀人。"并集《黄帝内经》。

苏仲翔（渊雷）集高尔基、阿·托尔斯泰语书联："海燕笑迎风雨至；浪花怒逐自由开。"

梁山舟九十自书寿联："佛容为弟子；天许作闲人。"郑板桥："脾土渐衰惟食鬻；风情不减尚填词。"王湘绮："纵使有花兼有月；共君论饮莫论诗。"郁达夫："曾因酒醉鞭名马；为恐多情误美人。"皆令人忍俊不禁者。

吴昌硕八十自寿联："寿已杖朝，驴背何须跌我；谁为拂袖，虬髯切莫傲人。"盖昌硕面团无须,号无须吴,故下联以虬髯解嘲。

1948年内战方殷,黄任之(炎培)七十自寿联云:"闭寂万方多难日;卧愁七十未衰年。"

刘海粟集少陵、东坡句自寿云:"彩笔昔曾干气象;流年自可数期颐。"

包世臣集坡诗:"我书意造本无法;此老胸中常有诗。"谢无量最喜此,常写以付人,直若夫子自道。齐白石亦曾写此,唯下联作"此诗有味君莫传",并佳。

清代儒医徐灵胎(大椿)铭墓联云:"魂返九原,满腹经纶埋地下;书传四海,万年利济在人间。""满山芳草仙人药;一径清风处士坟。"

郭鼎堂(沫若)戏题于立群大字书法:"摧翻经石峪;压倒逍遥楼。"又应陈仲弘(毅)之请,写丈二巨联:"天垮下来擎得起;世披靡兮扶之直。"赠于立群嵌字联:"立德立言乃是立功之本;群有群享须从群治得来。"

沙孟海新题宁波天一阁联:"建阁阅四百载;藏书数第一家。"

吴昌硕与任伯年谊兼师友,伯年卒,昌硕挽联云:"北苑千秋人,汉石隋泥同不朽;西风两行泪,水痕墨气失知音。"倍极沉痛。朱彊村挽吴昌硕联:"江海有古心,自谥酸寒,垂世不蠲文字性;丹青忘老至,力穷依傍,凭生讵信甲辰雄。"

《书法报》首任主编张昕若为乔大壮入室弟子,又以大壮之介,得沈尹默指授。其行楷秀逸,极类乃师。1990年昕若以脑瘤卒于北京,张皓若挽兄联云:"数十年往事涌上心头,念磊落一身,清风两袖,永记我兄好风范;八千里江河而今别矣,共巴山蜀水,暮霭楚天,痛惜国家失良才。"

"文革"后期，北大有四教授效命于"梁效"，诗人舒芜作《四皓新咏》刺之，曰："贞元三策记当年，又见西宫侍讲筵。莫信批儒反戈击，栖栖南子是心传。"（冯友兰）"诗人盲目尔盲心，白首终惭鲁迅箴。一卷离骚进天后，翻成一曲雨铃霖。"（魏建功）"射影含沙骂孔丘，谤书筦钥护奸谋。先生熟读隋唐史，本纪何曾记武周。"（周一良）"进讲唐诗侍黛螺，北京重唱老情歌。义山未脱挦扯厄，拉入申韩更奈何。"（林庚）1980年魏建功卒，王征西挽联有句云："五十年风云变幻；老友毕竟是书生。"此本友人盖棺宽容之语，后周一良作回忆录，遂以"毕竟是书生"作标题，用为己辩，颇为清议所不容。

萧娴书法巨幅最见功力，其南京寓悬自撰联："廉不言贪，勤不言苦；尊其所闻，行其所知。"别有："事冗炼成筋骨健；心清赢得梦魂安。"亦佳。

林语堂亦能书，尝见其手书楹帖："文章可幽默；做事须认真。"

关山月联："尺图每自胸中出；万里都经脚底行。"

弘一上人披剃后仍留心联事，手集《华严经》偈子作联二百余。1936年在南普陀，见厦门街头春联："一到夜来陪汉史；千春朝起展莱衣。"谓幽秀沉着，足堪与陈石遗撰"分派洛迦开法宇；隔江太武拱山门"一联相媲美，因致函高胜进居士命其往访。

袁氏软禁章太炎于北京钱粮胡同，太炎集王摩诘《老将行》句为联："门前学种先生柳；路旁时卖故侯瓜。"用以明志。

文人引诗酒为朋曹，楹帖亦多此类题材。何义门集句"不如饮美酒；可以赋新诗"。桂未谷"春水方生花来镜底；吾庐可爱酒满床头"。

钱竹汀书韩文公句"清谈可以饱;为文侯其醺"。孙渊如"浊酒苦无奇士赌;著书恐有后人思"。周梦台"读书真是福;饮酒亦须才"。陈曼生"花阴数酌陶元亮;日课一诗梅圣俞"。沙神芝"平章风月诗千首;收拾云烟酒一杯"。何子贞"西山载酒云生履;南浦寻梅雪满舟"。陈銑"诗就涪翁分一瓣;酒同坡老醉三蕉"。董念菜"烈士肝肠名士酒;美人颜色古人书"。张得天"闲翻酒券供临帖;静借牙筹记读书"。高剑父"酒寻名士饮;礼爱野人真"。

右军《兰亭》凡324言,去重文单字不足三百,而古今书家集字成联者无虑千数,其佳者,王梦楼"文人天趣清犹水;贤者风期静若兰"。何子贞"因山作舍坐游此;激水为湍俯听之"。谢无量"竹气初流山静如古;兰言相晤春永于年"。上海中医药大学医史博物馆藏名医何鸿舫集字联"静坐每怀当日事;闲时录取昔贤文"。康有为集《兰亭》联"斯文在田地;至乐寄山林",用魏碑体出之,别具风格。

癸亥秋,罗雪堂(振玉)子福颐新婚,雪堂集甲骨文八言联以勖之,联云:"曰有室家百年好合;相汝夫子四德毋违"。立意虽无足奇,然于当时仅识之六百余甲文中做文章,殊非易事。

东坡谓《石鼓文》"文字郁律蛇蛇走",又集《石鼓》字成一联云:"我车既工马既同;其鱼维鲂贯之柳"。按"贯"今人多释为"橐"字,顷见吴昌硕七十一岁时书联"其鱼维鲂橐之柳;吾马既骍骐于原"。取意东坡,而工稳过之。跋文论清季书家"近时作篆莫邵亭用刚笔,吴让老用柔笔,杨濠叟用渴笔,欲求于三家外别树一帜难矣。予从事数十年之久而尚不能有独到之妙,今老矣,一意求中锋平直,且时有笔不随心之患,又何敢望刚与柔与渴哉"。

石点头

植甫绘石头并抄写《金刚经》，合成画册，题名《如是观》，出版在即，嘱我写一段话。我愚蠢地认定书画艺术与佛教主张相违背，因此迟迟没有动笔。

昼寝，翻看《金刚经灵验记》数页便入黑甜。迷糊之中，见法师升高座讲说《金刚经》。法师说"无我相、无人相、无众生相、无寿者相"；说"过去心不可得，现在心不可得，未来心不可得"；说"一切法皆是佛法"；说"如来不应以具足诸相见"。众茫然，我亦茫然。至"不取于相，如如不动"，恍惚若有悟，遂随众点头。因反观听者，居然都化身为石头，我身亦为石头矣。

梦寐醒来，拈笔作偈赞云：嘻嘻植甫，砚破笔残，供佛不用妙栴檀。胸中有丘峦，涌现毫端。应作如是观。

诗婢家

旧时成都文风甚浓，店堂牌匾，亭台题署悉出名家手笔，迭经战乱，胜迹已不可寻，今春熙北段赵香宋（熙）手写诗婢家一匾，是其硕果仅存者。

"诗婢家"三字盖取后汉郑康成（玄）"奴婢皆读书"故事，1920年郑次清在仁厚街设装裱店，自题"诗婢家裱画店在此"，旋迁字库街，两店规模皆不大。1930年，次清子伯英返成都，承继父业，经营笔砚文玩，兼及装裱业务，又迁店址羊市街，店招由公孙长子题写。

成都琴台路诗婢家新馆外景

抗战军兴，文人萃聚成渝，伯英长袖善舞，不仅当时成都书画名流，"五老七贤"辈若曾旣如、方鹤斋、林山腴、刘豫波雅集于斯，又与徐悲鸿、张大千、傅抱石、丰子恺等多有过从。伯英又至各地采办文玩，水印笺纸，举行画展，生意日隆，其规模约可与北平荣宝斋、沪上朵云轩抗衡。

1941年，日本飞机轰炸成都，羊市街诗婢家店被毁，伯英乃迁店春熙路，函请赵香宋重书招牌。香宋平生不喜为人写店招，此为破例第一次。"文革"动乱，原匾又毁，今悬诗婢家者乃乱后伯英集字而成，小大颇不相称。

1943年张大千为诗婢家郑伯英制水墨仕女　四川博物院藏

近代名家字号撷谈

逸梅老人遗著《艺苑琐闻》有"从人名中找些笑料"一则，琐谈名家字号，如数家珍，效颦写此。

字显名晦 呼名不敬，礼也。故近代闻人多字显而名晦。柳亚子名弃疾，苏曼殊名戬，于右任名伯循，高剑父名嵛，王福庵名寿祺，马君武名和，吕凤子名浚，胡小石名光炜，丰子恺名仁，潘伯鹰名式，天台山农刘介玉名青，招牌圣手唐驼名守衡。

增名成字 《曲礼》"男子二十冠而字"，字多为名之引申，又有一单名增一字成双字者，如吴俊字俊卿，胡适字适之，赵石字石农，赵懿字懿子，高邕字邕之，关良字良公，张爰字季爰，钱厓字叔厓，任堇字堇叔。

拆名成字 杨岘字见山，朱碁字其石，朱奇字大可。

以音附字 陆维钊之微昭，吴芝瑛之紫英，潘天授之天寿，陆抑非之一飞。

变易姓名 周树人之鲁迅，沈雁冰之茅盾，曾正昌之田家英，余钧之公孙长子，或笔名或化名，皆大著于世，其本来姓名反不彰。云间白蕉姓何，印人石开姓刘；溥儒、溥侗、启功俱姓爱新觉罗，而自承溥姓、启姓；钱夏字季中，太炎高弟，晚年废姓，径称疑古玄同。易名多有寓意，邓尔雅本名溥，宣统登极，避圣讳易名万岁，虽属雅谑，而西汉即有邓万岁其人，见《急就篇》第二。沈尹默本名君默字中，人戏之言，君既默，用口胡为，遂去君下口，作尹默。李叔同幼名成蹊，少孤，廿六岁又遭母丧，易名为哀，字哀公，又号息霜、息庵。朱复戡原名义方字百行，中年罹痼疾，既起，更名为起，字复戡，海外编艺术家辞典，竟误百行、复戡为两人。

四铁四堂 篆刻家吴苦铁、王冰铁、邓钝铁、钱瘦铁合称江南四铁。治甲骨文则有王观堂、罗雪堂、董彦堂、郭鼎堂为甲文四堂，近又益饶选堂为五堂矣。

石 书画家多有米颠之癖，字号中嵌石字者甚夥，其著者吴昌石、齐白石、傅抱石、胡小石、唐醉石、尹瘦石、寿石工、胡石予、姚石倩等。

姓名相似 有姓名相似，人每误会为同宗者，如合肥李鸿章、中江李鸿裔；会稽赵之谦、钱塘赵之琛；江安傅增湘、醴陵傅熊湘。

称呼 姓名中用公、父、叔等长辈尊称者，梁任公、余兴公、沙曼翁、姚茫父、马相伯、赵扬叔、傅沅叔、罗叔子。用平辈称呼如赵尧生、来楚生。用晚辈称呼如吕凤子、狄平子、姚石子、柯凤孙。用夫者如蔡哲夫、郁达夫、顿立夫。

巧合 论方位有汪东、林琴南、熊佛西、金拱北、孙中山、易君左、于右任。喜怒有包天笑、易哭庵。郑逸梅、潘兰史、朱醉竹、张菊生成四君子；赵尧生、张舜徽、王孝禹、辜汤生为尧舜禹汤；刘春霖、胡夏庐、吴待秋、金冬心成四季。天干地支尚未齐全：丘逢甲、沈乙庵、陈半丁、容庚、楼辛壶、王壬秋、杨仲子、吴丑簃、易寅村、张辰子、郑午昌、张叔未、刘申叔、胡菱甫。数字：马一浮、丁二仲、诸乐三、朱百行、张大千、程颂万。

古草新姿

汕尾林之光兄是曹宝麟教授高第弟子，老师赐题斋名"汲索堂"。"汲索"既是孜孜汲汲，求索不厌之座右铭；又是汲取索靖，重光隶草之大目标。

古草自明代宋仲温以后，几成绝响，其间虽有作手，因不得笔法，可称述者无多。民国初元，旧京三五有心人，乃思有以振兴。于是结社研究，各贡心得。

当年提倡古草书诸君子，闽粤产者居其大半。举其著名者，闽有卓君庸定谋、林宰平志钧、李苏堂释戡，粤有罗瘿公惇曧、罗敷庵惇曧、王秋湄邈。诸君子中，收藏以君庸最富，识见以宰平为高，创作推敷庵第一。

卓君庸搜罗古今草书墨迹刻帖百数十种，汇为自青榭丛帖。又撰《章草考》，叙述源流，如数家珍。君庸心思别裁，乃思以章草改良字体，所作所为，尚在于右任标准草书之先。

林宰平序卓君庸《章草考》，谓此体数美具足，有论说云："笔下有来历，而结体变化，皆具法度，一美也；向背分明，起止易辨，使转随意而不狂蔓，二美也；为隶楷蜕化之中枢，而笔画视隶与楷书皆简，平正流速，兼而有之，三美也。"

罗敷庵与从兄瘿公皆出康长素万木草堂，诗书并所擅长，乃有"南海二难"之誉。黄哲维《花随人圣庵摭忆》曾记二罗艺文高下，其略云："瘿公书学六朝，旁摩魏碑，晚学南海。予所见以中年之径寸楷书及晚作笔札为最佳，不及乃弟敷庵之功力，而疏朗之韵味则独擅。"余撰《近代书林品藻录》，列敷庵于"沉著品第四"，有赞云："隶草第一，名动析津。难窥张索奥，徘徊赵宋门。心清韵自古，瘦硬亦通神。"

诸贤往矣。世易时移，古草书虽有片刻繁荣，终归于沉寂。之光兄生长闽粤之间，嗜好篇章之体，虽与卓林罗王异代不同时，精思笃行，足堪继美。

余与之光兄也因为古草书而结缘。

之光兄既发愿研究古草书，颇欲穷竭渊源。于是效法卓君庸，披搜各类资料，不遗余力。尝阅《章草大典》，知曾经有孙过庭章草书《佛遗教经》出版，访求无获，遂借助网络。恰余若干年前伊洛访古，于孟津王铎纪念馆买有此帖。搁置架上有年，见有求索者，初欲以复印件付之。短信往复，之光兄必欲得原本而后快。余爱其执著而不通人情，以为真艺术家方能有此率性，于是取原印本奉贻，复印者自存。附言云："物归所好，物若有知，物亦应喜。"

既与之光兄订交，承不弃浅陋，屡以佳作见示，爱其新姿雅韵。戊子岁首，之光兄入川访我，竟夜清谈，畅言书学旨趣，乃知其不特精研草法，于前人笔法理论，亦有独立思考，非株守步趋者所可比拟。

之光曾研读沈尹默先生《怎样练习用毛笔写字》等论书文字，于其中"腕下有力"一句，若有所悟。乃竭廿年心力，观摩沈作，体悟笔法，既得曹先生指导，终于有所突破。近则由沈先生而上溯空海上人，力求揭示笔法奥秘。之光以为，参透笔法，则追攀晋贤唐人，得心应手矣。

揽佳作、聆高论，假以时日，之光兄之古草书必定能继承卓林罗王而发扬光大。欣闻之光兄作品将展览深圳，张桂光先生题"古草新姿"，因借此四字为标题，作汲索堂古草歌以助雅兴。歌曰：

急就奇觚渊源古，解散隶体用心苦。点画偏旁推可求，识字不劳指画肚。羲献旭素后居先，史皇张索偃旗鼓。松雪仲温思振兴，杂糅楷法心手忤。五体篆隶真行草，稿草不传真可恼。嘉兴寐叟攘臂呼，津沽鲁生有同好。闽粤君子客旧京，辨章考鉴详研讨。休问同异是与非，书灯续焰共所祷。世易时移观念新，古草沉寂少问津。林君亦是闽粤产，性拙唯与墨砚亲。笔法吴兴沈尹默，亲炙嘉定曹宝麟。师赐汲索颜居处，厚望所寄言谆谆。我爱篇章清雅姿，沉著痛快健如斯。僻处西川闻见陋，管窥锥指人笑痴。与君结缘真可喜，为赞数语作颂辞。继美卓林罗王后，重光隶草定可期。

泰山刻石之地质学特点

泰山刻石为秦始皇二十八年（前219）东巡泰山时所立，距今两千两百年。石在岱顶，半埋土中，三面刻始皇诏书，一面刻二世诏。时代久远，字迹逐渐磨灭。宋代尚有百余字，明初将石由玉女池移置碧霞元君祠时，仅存二十九字。流传至今，可辨识者不足十字。泰山刻石之湮没，除椎拓过度的原因以外，亦与当年所用石质有关。

章鸿钊（1877—1951）是中国地质学奠基人，他修学于日本东京帝国大学理科大学地质学科，回国后，在北京多所大学担任地质学教职，创立中国地质学会，并任会长。所著《石雅》《古矿学》，至今仍为研究古文献中矿物名实必备之书。1922年冬，章鸿钊率女高师博物系学生赴山东作地质学考察，得便游览岱庙。关于泰山石刻，章鸿钊有记录说："秦泰山石刻，略为六角柱形，上戴圆顶，下承高座，形制最奇特。石为鲕状石灰岩（oolite），乃地质史上寒武纪之产也。文字剥落已殆尽，使当日采泰山石为之，则质坚而耐久，风化当不致此。"

由此记载，我们大约可以推想，秦始皇当年登泰山，乃是将预先镌刻好之石柱搬运上山，而非在山上觅石镌碑。查考网上百科词典，专门提到"山东济南张夏馒头山鲕状石灰岩即相当有名"，此或即泰山刻石之原产地。

题跋记趣

王大令保母砖志，宋时好事者为之，故宫藏一拓本，居然有姜尧章、邓文原、周草窗、赵子昂、鲜于伯机诸名家题跋累累，是帖不足贵，而白石、草窗词人翰墨赖此以传。

据台湾李郁周氏考证，褚书大字阴符经后题跋全自怀素自叙帖摹出，遂指此帖为叶遐庵臆造，其说甚有理，而今人多不知，仍辗转翻印，目为褚书墨迹之硕果仅存者。

王瑗仲作《章草字典》序，押尾有一印，文曰"后右军一千六百五十二年生"，按右军生太安二年（303），加一千六百五十二年，则瑗仲当生1955年，而王实生于1900年也。

赵松雪之兰亭十三跋是跋语中最有名者，其中"用笔千古不易"一语，至今聚讼。

翁大兴最善题跋，尝获东坡天际乌云帖，宝爱非常，作跋再三，累累可至数万言，此帖实双钩填墨本。翁又跋化度寺碑数本，俱指为唐石原拓，而独以荣郡王藏本（即梅景书屋四欧堂本）为宋翻宋拓，实非是。

苏辙字颇不易见，素师自叙帖后有子由一跋，全仿乃兄字体，不甚佳。

米元章谓蔡京不得笔，今观蔡元长跋徽宗雪江归棹图墨迹，规模率更，实不失佳构。

何子贞得张黑女墓志，持与包慎伯索题，慎伯为作四跋，子贞复于包跋后更作一跋，云以横平竖直绳之，慎翁于北碑未为得髓，此未免过分。

谭瓶斋跋钱南园书正气歌，称刘石庵、钱南园、何子贞、翁叔平为清四家，欲与宋四家相抗，实四家皆学颜，谭亦学颜故也。

宋四家俱有题跋传世，蔡君谟跋鲁公告身，黄山谷跋东坡寒食诗，米元章跋兰亭，皆脍炙人口，苏东坡题王晋卿诗卷及跋林和靖自书诗则鲜有知者。

蜀中三汉阙

汉隶书法或见于碑板，或见于简牍，或见于石阙。《汉魏六朝墓铭纂例》云："阙者，墓道外左右所立石阙，古人即题氏讳官爵于上以表识之。"石阙书法以嵩山太室、少室、开母庙三阙最著，蜀地汉碑无多，而石阙独夥，叶鞠裳《语石》云："千里不同风，百里不同俗，刻石之文盖亦有风气焉。蜀中古墓多建阙以表之。"吾蜀石阙以新都弥牟王稚子阙最有名，王名涣，《汉书》有传，《金石录》载其铭文，西阙题"汉故先灵侍御史河内县令王君稚子阙"十六字，东阙"汉故兖州刺史雒阳令王君稚子之阙"十五字，今两阙皆亡。

高颐阙在雅安高孝廉墓前，建安十四年（209）立，隶书大字，书法方整厚重，阙下有高颐碑，洪适《隶释》著录，今碑文已剥蚀殆尽，其侧有何子贞咸丰六年楷书高君碑，结体谨饬，取意欧颜之间，似非回腕所书，故与平时作字扭曲颤掣不同，亦子贞书法仅见者。

李业阙在梓桐，隶书八字，宽博朴茂，高文编《四川历代碑刻》谓此阙建于光武建武十二年（36），为现存汉阙中年代最早者。按现存东汉碑版以余姚三老讳字忌日记为最早，立于建武二十八年（52），

孙明经拍摄高颐阙

书法方拙典雅，唯篆书笔意极浓，与桓、灵以后书风迥异，而此阙之书法蚕头燕尾之势已成，用笔娴熟流美，颇近西峡颂，故李业事迹虽在东汉早期，而立阙时间则在汉末。

巴郡太守樊敏碑

樊敏碑在雅州芦山县城南石马坝，东汉建安十年（205）三月立，为今存汉碑最晚者，凡二十二行，满行二十九字，篆额十二字"汉故领校巴郡太守樊府君碑"，额下有穿。《中国书法大辞典》谓碑成建宁七年（174）十月，二十一行，行二十八字，此说实承方药雨《校碑随笔》之误，王壮弘已作辨证。

此碑为历代金石家所重视，《金石录》以后诸书记载不绝，碑文涉及汉末巴蜀史料，尤有裨于西南少数民族史研究。樊敏碑书法在汉隶中颇具特色，孙退谷《庚子消夏记》形容为"遒劲古逸"，康南海谓"樊敏碑在熹平时体格甚高，有郙阁意"。窃意樊敏、郙阁若鲁公书法，端方君子，正面示人，决不以倚侧取媚，若论雄强劲健，樊敏碑或不及郙阁颂，而醇和儒雅则非郙阁所能及者。樊敏碑体势在张迁、衡方

樊敏碑　1939年梁思成拍摄

之间，以碑石质粗，历久漫漶，自见一种古拙之气。杨守敬《评碑记》云："石质粗锋芒多杀，无从定其笔法之高下，而一种古穆之气，终不可磨。"

碑阴有宋芦山知县丘常、程勤所作碑记，述发现保护此碑始末。樊敏碑以久在蛮荒，故其存亡多有误传，孙星衍《寰宇访碑录》乃谓是碑久佚，至道、咸间复出者皆碑估神秘其说，不堪远道蜀中拓访，遂以翻刻本充数，妄称重新出土以欺世。旧时沪上艺苑真赏社金属版所印"汉樊敏碑川沙沈氏藏本"及《中国书法大辞典》所附十五字碑影，皆翻刻失真。

四川新出汉代石刻

近代四川出土汉代刻石颇丰，1942年芦山县出王晖石棺铭文，隶书35字，建安十七年立，字体已有六朝楷书笔意。1966年郫县犀浦晋墓出土东汉残碑两种，今藏郫县望丛祠，王孝渊碑永建三年（128）立，残碑存字百余，书刻均粗率，书风近似校官、孟孝琚，仿佛山野之民，虽不衫不履，而清逸之气不可夺，此碑与其他汉碑不同，无界格故每行文字排列多寡不等，一任自然，揖让错落，别具风致，碑文称"永建三年六月始旬丁未造此石碑"，石碑一语可补刘宝楠《汉石例》之阙。近人曾毅公撰《石刻考工录》，记汉代石工仅得六条十人，此碑末云"工人张伯严"亦堪补缺。与王孝渊碑之粗放不同，薄书残碑则以谨饬见长，

李冰石像

是碑端庄秀雅，结体方整，横划之起笔出锋皆用力送到，波磔分明，最近1958年南阳出土张景造土牛记，为桓、灵以后汉隶成熟时期典型代表。1974年整修都江堰时，出土李冰石像，上镌铭文三行，字迹清晰，书风醇厚，亦为学习汉隶重要资料。1984年成都出土东汉中平四年（187）任元升墓门刻石，隶书22字，结体方整，稍嫌板滞，与清人伊秉绶隶书用笔有相通之处。

鹤鸣山道教碑

　　2000年11月8日《天府早报》载，本月6日大邑发现东汉道教古碑，碑在鹤鸣后山天谷洞内，碑质为钟乳石，高1米，宽60厘米，厚20厘米，镌"盟威之道。正一。张辅汉"。三行九字，并附拓片。以字体论，"盟威之道正一"六字颇类爨宝子，东汉尚无此风格，"张辅汉"三字稍小，尤可异者，"张"、"汉"二字皆作今体，"張"写如"张"，见于汉人简牍，而"漢"写为"汉"，则遍检碑志，未有此体，其出近人伪造也必。又，碑为钟乳石云云，亦令人疑，盖钟乳石为碳酸钙沉积而成，虽甚坚固，而不断沉积覆盖，所镌文字不逾百年必然湮没，岂有两千载不磨之理。

苏沧浪

吾蜀书家，东坡以前可供矜夸者允推苏沧浪。舜钦字子美，梓州铜山人，官大理寺评事，后流寓苏州，买水石筑沧浪亭，读书吟诗自娱，有号沧浪翁。

《宋史》本传称其善草书，酒酣落笔，争为人所传，宣和内府藏沧浪行书吴中诗草等墨迹四种，《宣和书谱》云："尤工行草，评书之流谓入妙品，当时残章片简传播天下，美其文翰者有花发上林，月涨淮水之语。"米元章论苏沧浪书："如五陵少年，访云寻雨，骏马青衫，醉眠芳草，狂歌院落。"刘石庵论书绝句云："子美交穷被鬼欺，沧浪清泚濯缨緌。胸中垒块毫端露，只有庐陵具眼知。"

沧浪兄舜元，字才翁，亦有书名，草书成就更在沧浪之上。刘克庄《后村题跋》云："二苏草圣，独步本朝，裕陵绝重才翁书，得子美书辄弃去，书家谓才翁笔简，惟简故妙。"惜苏才翁墨迹无传。

沧浪有今春帖等刻入《停云馆法帖》中，墨迹今可见者唯补书怀素自叙帖六行。按素师自叙传至宋代乃有三本，一在蜀中石阳休家，黄山谷尝以鱼笺临摹数过，清那颜成刻入《莲池书院法帖》，有拓本流传。一在冯当世家，后归宣和内府，经《宣和书谱》著录，今佚。

一本在苏子美家,今藏台北故宫博物院。据米元章《书史》云:"怀素自叙在苏泌家,前一纸破碎不存,其服食舜钦补之。"则知六行自叙为苏子美唯一可信真迹。今据自叙墨本,子美补书六行虽略嫌拘谨,不及原作流畅自如,而精神气质尚存仿佛,亦属难得。后世补帖尚有赵松雪补右军瞻近、龙保二帖、鲜于伯机补高闲千字文、文徵仲补东坡赤壁赋、娄子柔补东坡与谢民师论文等,若论技巧,皆不及子美。

楹帖琐话补

读田著《杨度外传》，载杨皙子所制挽联数则。挽黄兴云："公谊不妨私，平日政见纷驰，肝胆至今称挚友；一身能敌万，可怜霸才无命，死生从古困英雄。"挽袁世凯："共和误中国，中国误共和，百世而后，再平是狱；君宪负明公，明公负君宪，九泉之下，三复斯言。"挽蔡锷："魂魄异乡归，如今豪杰为神，万里江山空雨泣；东南民力尽，太息疮痍满目，当时成败已沧桑。"挽王闿运："旷古圣人才，能以逍遥通世变；平生帝王学，而今颠沛愧师承。"挽孙文："英雄作事无他，只坚韧一心，能全世界能全我；从古成功有几，正疮痍满目，半哭苍生半哭公。"挽梁启超："事业本寻常，胜固欣然败亦喜；文章久零落，人皆欲杀我独怜。"又作自挽联云："帝道真如，而今都成过去事；医民救国，继起自有后来人。"

人孰无死，达观者每于生前自撰挽联，总结平生，亦庄亦谐，其著者纪晓岚"浮沉宦海如鸥鸟；生死书丛似蠹鱼"。陈眉公"启予手，启予足，八十年临深履薄；不怨天，不尤人，三千界鱼跃鸢飞"。俞曲园"生无补乎时，死无关乎数，辛辛苦苦，著六百五十余卷书，流播四方，是亦足矣；仰不愧于天，俯不怍于人，浩浩荡荡，数半生三十多年事，放怀一笑，吾其归乎"。孙髯翁"这回来得忙，名心利心，毕竟糊涂到底；此番去甚好，诗债酒债，何曾亏负着谁"。翁同龢"朝闻道夕可死矣；今而后吾其免乎"。

陈寅恪在成都时，目病几不能视物，大沮丧，因作联"今日不知明日事；他生未卜此生休"。浼林山腴书，山腴乃其父执，以其低沉，不允，并委婉劝慰，寅恪感激之余，写联"天下文章莫大乎是；一时贤士皆从之游"上之。

联语以五言、七言居多，盖从诗联化出，设句较易，绍兴马蠲老独擅八言，其佳者："池上鸣琴，游鱼出听；林间晏坐，百鸟衔春。""甘露醴泉，隋璧和珠；泰山乔岳，景星庆云。""凿井耕田，民之质矣；春生夏长，天何言哉。"赠星岛广洽法师："心香普熏，众生安乐；时雨润物，百卉滋荣。""天马行空，泥牛入海；羚羊挂角，香象渡河。""为学日益，为道日损；以正治国，以奇用兵。"

1994年刘海粟百岁寿辰，海内外门生假座沪上虹桥宾馆嘉庆堂为翁祝嘏，翁乘兴于六尺纸上题自寿联云："遍历五大洲四海风云；横跨三世纪百年沧桑。"

胡适之有白话联云："大胆地假设，小心地求证；少说点空话，多读点好书。"

虚谷挽任伯年联云："笔无常法，别出新机，君艺称极也；天夺斯人，谁能继起，吾道其衰乎？"苏仲翔挽欧阳竟无云："法相唯识，涅槃无余，千祀独探圣秘；内外两明，佛道通贯，一时最为老师。"

印余闲话

清人盛传汉赵飞燕玉印，白文作鸟虫书"婕妤妾赵"四字，诸家笔记屡述之，印初在项墨林家，继归锡山华氏及秀水朱竹垞，辗转入仁和龚定盦手，龚以宋拓娄寿碑并朱提五百易得者。定盦甚为宝爱，拟于昆山县玉山筑宝燕阁贮之，事未果，以博戏败家，印又质人。按此印今藏故宫博物院，白玉质，径可两分，白文分明"婕妤妾娟"，只"娟"之女旁略似走尔，诸藏家欺人自欺，率多类此。

相传秦始皇得蓝田美玉，研为印，李斯篆"受命于天，既寿永昌"八字，见《钟鼎款识法帖》，真伪不可知，东晋初南朝诸帝因无国玺，乃有"白板天子"之讥。今存帝王印章可信者，有南越王墓出土金印"文帝行玺"及邗江出土"广陵王玺"。

常熟萧退庵先生名蜕，字中孚，工六体书，篆尤精能，某岁，退庵游沪上，唐驼往谒，称先生为大书家，自谦小书匠，赵古泥闻此，刻"海内第一书家"印为赠，先生存而不用，古泥又刻"江南第一书家"，仍不用，赵乃刻"虞山第一书家"，退庵始钤字幅上。

高西园以乾隆丁巳54岁时右臂偏废，遂以左手作书画，又以左手治石，颇奇崛，自号尚左生、丁巳残人，刻"一臂思扛鼎"印明志。

与之同号者则有姚茫父之丁卯残人、邓散木之癸卯残人，皆见于印章。

闻一多1922年赴美学习西画，1925年归国后历任北平艺专、中央大学、武汉大学、清华大学教席，抗战军兴，举家迁居昆明，时经济凋敝，物价飞涨，一多虽兼昆华中学国文教员，支持八口之家仍时有不敷，幸其早年即能篆刻，遂由梅贻琦、蒋梦麟、杨振声、唐兰、陈雪屏、朱自清、沈从文、罗常培、罗庸等九人为拟润格，挂牌治印，浦江青作短启，文曰："秦玺汉印，雕金刻玉之流长；殷契周铭，古文奇字之源远。自非博雅君子，难率尔以操觚；傥有稽古宏才，偶涉笔以成趣。浠水闻一多先生，文坛先进，经学名家，辨文字于毫芒，几人知己；谈风雅之原始，海内推崇。斲轮老手，积习未除；占毕余闲，游心佳冻。惟是温馨古泽，徒激赏于知交；何当琬琰名章，共权扬于艺苑。黄济叔之长髯飘洒，今见其人；程瑶田之铁笔恬愉，世尊其学。爱缀短言为式，聊定薄润于后。"挂润昆明后，盟军人士探知留美教授治印，奇其艺，求者甚众，所得竟不菲。

乾隆酷嗜书画鉴藏，机暇题咏，所用玺印甚夥，方圆大小，形制极繁，论钮有鼻、坛、覆斗、龟、虎、辟邪之别，论质有寿山、昌化、青田、青金、翠玉、水晶、玛瑙、象牙、澄泥诸类。据典籍所载，乾隆玺印共1092方，其中内容重复455方，常见于书画者"乾隆御览之宝"、"三希堂精鉴玺"、"宜子孙"、"古稀天子"、"石渠宝笈"等，至六十一年禅让后，又有"乐寿堂鉴藏宝"、"八徵耄念之宝"、"寿"等。惜阅时既久，散佚太半，欲窥全豹已不可得。

清宣统登极方三龄，亦有"宣统御览之宝"、"冲龄宸翰"等印见于清宫书画，印为潍县王幼泉所刻，王为清代印家王石经之后。

清嘉、道间杭州净慈寺僧达受,号六舟,不耽禅悦,亲近金石,自称金石僧,以千金收得怀素小草千字文真迹,颜其室曰宝素斋。六舟书画、篆刻、椎拓皆精绝,见其自刻朱文闲章"着了袈裟事更多",摘句杨廷秀赠抄经头陀诗"刺血抄经奈若何,十年依旧一头陀。袈裟未着嫌多事,着了袈裟事更多"。禅门公案,老僧见东坡,喋喋述其烦恼,东坡云,师既多事,何不出家。

福庵老人抗战时流寓沪上,鬻印字度日,汪伪政府拟以厚币聘老人供职印铸局,福庵以老病辞,刻"山鸡自爱其羽"明志。

杨晳子晚年鬻字沪上,辄钤"帝制余孽"四字作押角,印由夏寿田刻,亦洪宪余党。

邓散木为夏宜滋治白文印,款云:"刻大印宜用快刀断麻手段,便同庖丁解牛,无不应手,呜呼,国事如斯,安得人间真手,以治印法治之哉。廿一年一月。"

民国丁卯(1927)八月廿一日为朱竹垞三百岁冥诞,文人雅集,朱古微先生七月廿一日生,因浼沙孟海刻"前竹垞一月生"。

潘天寿光绪丁酉生于浙江宁海冠庄村,村西有小山曰雷婆头,天寿少时常放牧峰头,晚因号雷婆头峰寿者,白文巨印,沙孟海1961年所刊。

康殷于文字源流甚有研究,著《古文字形发微》《古文字学新论》《说文部首铨释》等,时有新见,诸书皆手写付梓,每章末钤自作印章,又能作颖拓,凡作皆钤一印,曰"脱颖而出",甚贴切。

张丛碧倩陈半丁刻"重瞳乡人"白文印,丛碧籍隶项城,项城旧属陈州府,陈为舜都,《史记·项羽本纪》云:"舜目重瞳子,又闻项羽亦重瞳子。"

张丛碧、梅畹华皆从陈半丁学习刻印,梅有《缀玉轩印存》。

邓散木晚居京华,见白石刻印,推崇备至,而其所撰《篆刻学》成书较早,则对白石印作评价不高,有云:"齐璜白石,从赵悲盦出,虽巨刃摩天,终嫌犷野。"

于右任作书恒钤两印"关中于氏"、"右任",皆为吴昌硕手刻,传此为昌硕封刀之作。

沙孟海有白文印"凿山骨",边款云:"欲侬凿山骨,韩约素语也。沙邨。"按韩约素事见周亮工《印人传》:"书钿阁女子图章前",钿阁韩约素为梁千秋家侍姬,有慧心,从千秋学刻,然自怜腕弱,性喜佳冻,人或以石之小逊于冻者求刻,辄曰:"欲侬凿山骨耶?"又不喜刊巨章,倘携巨石往,则曰:"百八珠尚嫌压腕,儿家讵胜此耶?无已,有家公在。"有诗题钿阁小印云:"腕弱难胜巨石镌,梁家约素说当年。回文小篆经纤指,粉影香脂绝可怜。"

自题小像

名家自题肖像文辞率多隽雅可诵，其著者莫过于宋建中靖国元年苏东坡题李龙眠为画金山小影："心似已灰之木，身如不系之舟。问汝一生功业，黄州惠州儋州。"

石涛上人自题执拂小影图云："快活多，快活多，眼空瞎却摩醯大，岂止笑倒帝王前，乌豆神风蓦直过，要行，要住，千钧弩发不求兔，须是翔麟与凤儿，方可许伊坎进步。"

赵㧑叔题杨憩亭画42岁小像云："群毁之，未毁我也，我不报也。或誉之，非誉我也，我不好也。不如画我者能似我貌也。有疑我者谓我侧耳听开口笑也。"

吴昌硕题任伯年绘蕉阴纳凉图，篆书长诗，突梯滑稽："天游云无心，习静物可悟。腹鼓三日醉，身肥五石瓠。行年方耳顺，便得耳聋趣。肘酸足复跛，肺肝病已娄。好官誓不作，眇疶讹难顾。生计不足问，直比车中斧。否极羞告人，人面如泥塐。怪事咄咄叹，书画人亦妒。虽好果奚贵，自强自取柱。饮墨常几斗，对纸豪一吐。或飞壁上龙，或走书中蠧。得钱可笑人，买醉日一度。不如归去来，学农还学圃。蕉叶风玲珑，昨夕雨如注。青山白云中，大有吟诗处。"

读《沙孟海日记写本二种》

昔邓散木在法庭司笔迹鉴定之职，后因兹事体大，恐伤损阴骘而辞谢之。近日新得《沙孟海先生日记写本两种》，其第一部分为土改日记，首尾卅页，起1950年12月28日，迄次年1月12日，内容固然保存一段史料，即以笔迹论，似亦能窥见作者心境。前数页皆拘束似无所措手足，至12月30日记枪决陈顾事，笔迹迟疑（行笔缓且滞），见此老虽混迹政坛多年，尚存有一分慈悲心，其寿考也宜。次日为新历除夕，记乡中分配田地，用"喜气洋溢"四字，字体亦沾洋洋气息，行笔连带亦多，皆在法度中，故知绝非草率厌恶心态（厌恶时字体亦草率，但往往不为法度所拘）。其后数页又拘滞呆板，似有厌倦意。最后一日日记殊长，先记往访曝书亭，笔法渐渐自如，心境佳故也。最末两页赞叹革命，以笔迹论，确实发自内心者，乃至越写越激动，至"余生逢其会，目击其事，是何快耶"13字，流转自如，绝无造作之态，真心实意当无问题。此可以用为知识分子思想变化一项物证，意义又岂止书法云乎哉。

第二部分为北游日记，记1952年送浙省太平天国文物上京事。此似为沙翁第一次履北土，故笔之甚详，所记人物大半熟悉，较之土改日

读《沙孟海日记写本二种》

记尤多亲切感。由沪赴京快车与山东工学院蒋士和、山医周廷冲同包房，蒋所未知，周则是吾药理界老前辈。在京游故宫北海诸处，皆一一笔记其掌故。漱芳斋因《还珠格格》而享名，乾隆时造，乾嘉两朝元旦，帝幸临书福字。又记与徐悲鸿晤谈，其中一段值得注意："其论书画以才情魄力为重，与余不谋而合，而今人解此者殆稀。悲鸿于近世画家最推重任伯年，谓其人物山水花卉翎毛无所不工，他人便难兼长。"

三友

今谓松、梅、竹为岁寒三友,东坡则以梅、竹、石为三友,题文与可画梅竹石云:"梅寒而秀,竹瘦而寿,石丑而文,是谓之三益之友。"龚贤题岁寒三友图,写水仙、山茶、梅花作三友,题句云:"别有岁寒友,丹铅香色分。山中虽寂寞,独赖此三君。"

论书片语

潘天寿以梨园人物比喻书法，鲁公刚健浑雄如花脸，钟王清丽妩媚如旦角，素师奇肆奔放如武生。

于右任称沈尹默书为梨园科班，而自比梨园客串。沈尹默序《马夷初法书集》则云："石屋先生居恒与余戏言，谓余书为三科出身，而以大科自命。"

马夷初工书法，自视甚高，友人某乞书一单条，且告欲再倩三位书家各写一纸，共裱为一屏，夷初闻之弗悦，谓，余三人为谁？堪与吾书相匹配者当世恐无多。某大惭而退。此沈钧儒告千家驹者，见千著《怀师友》。

于右任甚重谢啬庵书，有蜀人乞于书者，于告曰，汝邑谢无量先生书法过我十倍，当求之。

郭绍虞论书诗云："学书小道本寻常，稍涉训微转渺茫。悟到我行我法处，随心弄笔又何妨。"

张丛碧自述学书经历，四十岁前学右军十七帖，四十岁后学钟太傅楷书，殊呆滞乏韵。五十岁时重价收得蔡君谟自书诗册，摩挲日久，书风大变，有谓"余书法稍有进益，乃得力于蔡忠惠此册，假使二百年后有鉴定家视余五十岁以前之书，必谓伪迹矣。"丛碧晚年书法更具特色，自称得力于李后主之金错书。

李苦禅名英，齐白石弟子，出身苦贫，书画用功最勤，尝云："人聪明我鲁笨，人一能之我十之，人十能之我百之，定获成功。"其卒前六小时犹临池数纸。

林散之书法为世所重，"文革"后南京书展，有散之老人草书单条，展览不几日即佚去，散之亲笔一寻物揭帖张于展厅，未几又佚。

程门雪治岐黄术，曾长上海中医学院，自道平生，医不若诗，诗不如书。

商务印书馆编《辞源》，初版书名出郑太夷手，及郑出仕伪满，书名则由邹梦禅集石门颂代替，建国后重订，则为叶圣陶书签。

旧时上海招牌、商务书签多为黄葆钺、唐驼手笔，近年沪上影印古籍，悉由顾起潜题耑，京上中华书局图书书名则出启元白手。

巴蜀书社汇赵尧生法书为一帙，高文主其事，费新我题扉，余兴公作序，册中第 46 面误将曾进送传度大师诗轴收入，曾为尧老高弟，书肖乃师。

当今书家不学无术者多，不能著诗填词，恒以前人诗文为题材，写张继枫桥夜泊者最夥，有改张诗嘲之云："月落乌啼夜风清，此诗枫桥最有名。伤心最是张员外，直被书家煮到今。"

169

仰鹤斋

赵㧑叔自题斋名曰"仰视千七百二十九鹤斋",并刊《仰视千七百二十九鹤斋丛书》,此斋名殊费解,盖㧑叔捐知县,分发江西,候补有年,终不得缺,时全国有州县千七百二十九,故名。

赵㧑叔盖印法

荣宝斋编《赵之谦信札墨迹书法选》收录有"盖印法"三纸，写奉潘伯寅（祖荫）者。兹先录其文，以备参考：

凡用印，以印入印泥，须如风行水面，似重而实轻，切戒性急，性急则印入印泥直下数分，印绒已带印面，着纸便如满面斑点。如印泥油重，则笔笔榨肥，俱不合矣。以轻手扑印泥，使印泥但粘印面，不嫌数十扑（原注：以四面俱到为度），而不可令印泥挤入印地（原注：刻处是也），则无碍矣。印泥入印地，便无法可施矣。此所谓虚劲也，通之可以作画作书。印盖纸上，先以四指重按四角（原注：力要匀，不要偏轻偏重），每角按重三次，再以指按印顶，令全印着实，徐徐揭印起，不可性急，印愈小，愈宜细心。印至二次，即须用新绵擦净，须极净再用。若一连用数次，即无印绒粘上，亦为油朱积厚，印无精神矣。印大者，以多扑印泥为主，须四面扑匀，一印以五十扑为度，盖纸上照前式。小印扑印泥以匀为度，不可多，手总要轻，心要静，眼要准。如印面字上一丝不到，即须扑到方可用。盖印须寸方者学起，学

赵㧑叔盖印法

成再学盖小印，小印能盖，则盖大印必不误事。

赵㧑叔之所以喋喋不休，乃因其为替潘刻印甚多，又皆用心之作，若钤盖不佳，徒伤作者之心。然仔细推敲，此类文字见诸信札，若非潘伯寅专门请教，颇失礼仪。譬如某以书法手卷赠人，然后再四叮嘱，装裱当如何，观赏当如何，收检又当如何……看似语重心长，受者必作是念：彼视我为一窍不通之伧夫耶，既然如此，何必持赠。

赵㧑叔与魏稼孙、沈均初交情至深，为魏、沈作印虽多，大印则罕。盖大印耗神费力，㧑叔雅人，非不能为，是不屑为也。然㧑叔毕生仰望仕途，故不得不屈节周旋于官僚大佬之间，㧑叔卒得以分发江西，岂潘伯寅助力，故有求必应耶。盖印章于㧑叔，譬如自家女儿，若择配非人，必有失态举动。

翁松禅访鹤

翁松禅、吴清卿皆同光朝名士，翁尝蓄丹鹤两头，一夕飞去，松禅亲书访鹤揭帖，遍张京师，许以重金，鹤终未访得，帖则为好事者揭走，时人有诗讽之云："军书傍午正彷徨，惟有中堂访鹤忙。从此熙朝添故事，风流尤胜半闲堂。"吴清卿督湘时，吴俊卿以伪作"汉渡辽将军印"献之，清卿得之大喜，会甲午中日之役，清卿以为吉兆，乃厚币酬之，请缨宣战，翦羽而归，都下有人撰联云："翁叔平两度访鹤；吴清卿一味吹牛。"

马蹄死

徐悲鸿留学巴黎，返国改革国画，思想激进，保守者斥为变乱古法，然其于西洋画观点则极为保守，尤不喜野兽派、印象派，将野兽派大师马蒂斯翻译为"马蹄死"以明立场。

王献唐题《乌尤山诗集》

王献唐《双行精舍书跋辑成》题《乌尤山诗集》云:"吾东前辈艺文,自柯凤荪先生逝世,安丘赵孝陆已巍为灵光,其年辈学诣与川省赵尧生相伯仲,今孝陆先生又作古人矣,雨窗读尧老诗,觉万感交集。"

同姓名

俞平伯夫人许宝驯能作簪花小楷,极雅丽。沪上许鸥邻与之同姓名,鸥邻同济大学工科毕业,亦工书,为潘伯鹰唯一投帖门生。

近代艺术家名赵石者先后两人,一为虞山赵古泥,书法翁松禅,能乱真,篆刻初学吴缶庐,复吸取封泥瓦当,自成一家,又喜刻砚,为邓散木师。吾蜀赵石字蕴玉,早年从张大千学画,亦擅书法,篆隶师法邓完白,四川省博物馆藏邓石如隶书《西铭》,原为八扇,残一扇,蕴玉为补足之,赋诗纪事云:"我书本拙劣,貂续亦何愚。况久疏笔砚,于兹十载余。勉力事摹拟,人将诮野凫。沧浪岂多事,作俑北宋初。补全怀素序,至今说两书。我学完白貌,得似几分无。"

启元白行辈

顷阅《清稗类钞》,清宗室排行,高宗钦定"永绵奕载"四字,道光丁亥,续以"溥毓恒启"四字。启元白属正黄旗,姓爱新觉罗,当为溥仪重孙辈,未知确否。

近代三曼殊

南社苏曼殊（1884—1918）有革命和尚之称，他出生在日本，除了精通日文、英文，亦通晓梵文，著有《梵文典》。曼殊书法不多见，梵文尤其罕睹。2000年，成都举办佛教文物展览，有一副梵文对联，题跋云："梵书六字，译音为摩诃菩提萨埵，译义为大觉有情，此为上联。唐言菩提为觉道，萨埵为有情也。梵文六字，译音为翳拏嚩萨多啰枳，译义为说法度生，此为下联。与上文大觉有情文意联贯。乙丑之春，挂褡省垣文殊禅院，因众启请，教授密乘，学者颇多。禅盦丐留纪念，录集梵书成偶以应。曼殊揭谛。"铃盖印章两枚，白文"曼殊揭谛"、朱文"瑜伽学者"。复有集石鼓文对联："自古大犹唯敬简；于兹庶事祝康宁。"皆写奉文殊院方丈禅盦大和尚者，同时编印之图录注明作者为苏曼殊。

按，乙丑为1925年，苏曼殊已经去世，此曼殊非彼曼殊甚明。曼殊揭谛与苏曼殊身世类似，彼曾在日本学习东密，返国弘传，主讲四川佛学院。倓虚法师《影尘回忆录》提到，1925年中华佛教代表团访日，同行二十六人，"其中有一位被人誉为才子的曼殊揭谛大师，那年他已四十几岁，文学很好，是一个学士派人。母亲是日本人，父亲是中国人，为人很狂放，一行一动，都潇脱无羁。大家知道，这位曼殊揭谛，和做小说的苏曼殊是两个人"。

附带一说，清末学部侍郎宝熙有一枚印章"曼殊宝熙"，此处"曼殊"是"满洲"之音转，即"满洲宝熙"之意，与前面两位以"曼殊"为名者不同。

曼殊画

苏曼殊能画，颇自矜，信笔写山水小景，甚雅致，然把玩数日辄焚去，极少示人。某次张岳军索画，曼殊弗应，苦求乃随笔写一枯木，岳军从旁夸赞，复又于木畔涂一日，岳军抚掌，曼殊烦其喋喋，遂拈笔绘一绳，系日树上，岳军大谔，然亦无如之何。

王文治"曾经沧海"

元稹名句"曾经沧海难为水,除却巫山不是云",成语"曾经沧海"由此化裁而出。书画家喜以此镌刻印章,而使用最贴切者,当推"淡墨探花"王文治。

王文治(1730—1802),字禹卿,号梦楼,江苏丹徒人。乾隆二十一年(1756)朝廷遣翰林院侍讲全魁、编修周煌为正副使,前往琉球册封王世子,王文治作为全魁随员同往。即将抵岸,忽遭遇飓风,大船触礁,幸得当地人救援,庶免于难。王文治有长诗记录海上惊魂,句云:"十日飓风虐,缆绝不可收。是夜海云黑,万鬼声飕飗。阴风扇腥雨,怒鲸斗潜蚪。洪涛排连天,上下相躏蹂。巨舰触礁石,似臼以杵投。顷刻胥及溺,自断今生休。"因浼人镌白文"曾经沧海",写件多钤之,足见此经历之铭心刻骨。

卷三 岐黄小语

橘井杏林

杏林橘井泛指良医良药，宋秦少游词："闻道久种阴功，杏林橘井，此辈都休说。"二典均出自葛洪《神仙传》："董奉居山不种田，日为人治病，亦不取钱，病重愈者，使栽杏五株，轻者一株，如此数年，计得十万余株，郁然成林。"后遂以"杏林"颂名医。杏林故址在江西庐山，其考证备见惠远禅师《庐山纪略》，《太平寰宇记》谓杏林在安徽凤阳杏山，误矣，李太白诗"禹穴藏书地，匡山种杏田"，匡山即匡庐。橘井在今湖南郴州苏仙岭下，《神仙传》云："苏仙公飞升在即，白母曰，明年天下疾疫，庭中井水，檐边橘树，可以代养。井水一升，橘叶一枚，可疗一人。来年果有疾疫，远近悉求母疗之，皆以水及橘叶，无不愈者。"

张宗祥

近世通儒知医事者，太炎以后，海宁张宗祥先生允为第一。先生字阆声，晚号冷僧，别署铁如意馆主。先生光绪壬寅举于乡，辛亥鼎革，致力学术，先后任清华学堂教授、京师图书馆主任，解放后任浙江图书馆副馆长，兼省文史馆副馆长，工书法，继马叔平（衡）长西泠印社。先生毕生从事目录版本之学，每见善本，手自抄校录副，一生抄书六千卷，其主持补抄文澜阁《四库全书》，整理《罪惟录》《国榷》《说郛》，嘉惠学界，厥功甚伟。

先生治学之暇，留心医事，著述亦丰。《医药浅说》一卷，系先生抗战入川鬻医自给时，诊余之作。先生立足中医，而不讳言中医之短，又能吸收西洋医学之长，故此书说医论药，纵横古今，会通中西。治病重实效，中医证候必验以西医病理，虽同一发热症状，先区分是细菌为患，或疟原虫，或炎症所致，而后投药，往往效验，此皆当时抱守残缺之中医不能梦见者。又力辟中药性味之说，有云："常恨国医喜以五行生克之说谈病理，论药剂则亦泥于寒温润燥之言，不究真正治病之效。"所著《本草简要方》八卷，仿《本草纲目》体例而成，以"药性寒温无关于病"，故删汰药性专言主治，又有感《纲目》所收之方过略，因择古方之无流弊者附各药之次，此书应是近代本草著作中较有特色者。别有《本草经疏证》十二卷，六十万言，是先生研究本草心得之作，稿本存浙江图书馆，迄未刊布。

三世医说

《礼记·曲礼下》："医不三世，不服其药。"此句历来两说，孔颖达疏谓三世者，《黄帝针灸》《神农本草》《素女脉诀》，皆通三著，始可言医。陈澔《礼记集说》引吕氏则云："医三世，治人多，用物熟矣。"后世皆是孔而非陈，清梁章钜《浪迹丛谈》直讥陈说为"俗解"。《丛谈》卷八云："若必三世相承而然后可服其药，将祖父二世行医，终无服其药者矣。"

今考孔说实谬，其流弊至深，不容不辩。一者，以三世训作三种医著，于意未妥。《曲礼》"去国三世"，郑玄注："三世，自祖至孙。"《论语》："季氏陪臣唯执国命，三世希不失矣。"亦以祖孙为三世，并无异说。二者，《汉书·艺文志》载医经七家，经方十一家，未闻《针灸》《本草》《脉诀》之名，且《神农本草》今人考证成书东汉，先秦医家无由得见。三者，《曲礼》："君有疾饮药，臣先尝之；亲有疾饮药，子先尝之。"为言慎重也，亦可见当时医药水平低下。攻疾多用毒药，所谓"药弗瞑眩，厥疾弗瘳"。毒药治病，分寸最难掌握，治病必求三世医者，以其经验丰富也。治病求三世医，士大夫始能办到，下层人士无此条件，故不必虑祖父二世行医无服其药者。

导引

运动健身即古导引之术，《素问·移精变气论》云："远古民人居禽兽之间，动作以避寒，阴居以避暑。"动作云者，殆即导引术之滥觞。庄周熊经鸟申之言，《吕览》引舞宣导之术，皆先民气功、导引实践之写照。战国行气玉佩铭、《汉书·艺文志》簿录之《黄帝杂子步引》、马王堆出土《导引图》《却谷食气篇》，应是上古气功理论专著。气功沿革，今人李志庸氏撰《中国气功史》阐论已详，不劳喋喋。顷阅吕诚之（思勉）先生《先秦学术概论》，谓华陀五禽戏实今八段锦之鼻祖，立论颇奇，恐今之研究气功者未能留意，因不惮其烦，详录如次。

《华陀传》云："陀语吴普曰：古之仙者为导引之事，熊经鸱顾，引俯腰体，动诸关节，以求难老。吾有一术，名五禽之戏。一曰虎，二曰鹿，三曰熊，四曰猿，五曰鸟。亦以除疾，兼利蹄足，以当导引。"《先秦学术概论》云："《后汉书》言普行五禽之法，年九十余，耳目聪明，齿牙完坚。此行规则运动之效，首见于史者。注引《陀别传》曰：普从陀学，微得其方，魏明帝呼之使为禽戏，普以年老手足不能相及，粗以其法语诸医。云手足不能相及，盖其戏即今所传八段锦中所谓两手攀足固肾腰者。《后汉注》曰：熊经，若熊之攀枝自悬也。

导引

导引图 马王堆出土

鸱顾，身不动而回顾也。若攀枝自悬，则未必真有物可攀也，亦不必真自悬。窃疑八段锦中所谓两手托天理三焦，即古所谓熊经者，身不动而回顾，其为八段锦中之五劳七伤望后瞧，无疑义矣"。

神仙起居法

杨凝式字景度，华阴人，五代书法家中特出者。黄山谷论书诗："世人但学兰亭面，欲换俗骨无金丹。谁知洛阳杨风子，下笔便到乌丝栏。"推崇备至。杨凝式传世书迹只韭花帖、神仙起居法、卢鸿草堂十志图跋数种。神仙起居法小草八行，六十字口诀述练气养生事，自云传自华阳焦上人尊师。文曰："行住坐卧处，手摩胁与肚。心腹通快时，两手肠下踞。踞之彻膀腰，背拳摩肾部。才觉力倦来，即使家人助。行之不厌频，昼夜无穷数。岁久积功成，渐入神仙路。"此诀实颐养真谛，更兼简便易行，习气功者其善思惟之。

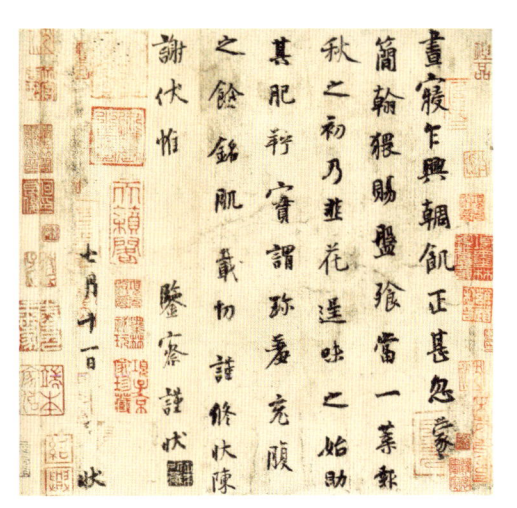

杨凝式韭花帖

布气治病

上古气功，或踵息食气，或内视抱一，未闻有布放外气愈疾者。布气治病首见《抱朴子·杂应》，有云："吴有道士石春，每行气为人治病。"又见《东坡志林》，谓晋有幸灵能布气瘥痿痹。因检《晋书·艺术列传》："有龚仲儒女病积年，气息才属，灵使以水含之，已而强起，应时大愈。又吕猗母皇氏，得痿痹，病十有余年，灵疗之。去皇氏数尺而坐，冥目寂然，有顷顾猗曰，扶夫人令起。猗曰，老人得病累年，奈何可仓促起耶？灵曰，但试扶起。于是两人夹扶以立，少选，灵又令去扶，即能自行，由此遂愈。"考其情状，殊类今之气功师外气治病，姑录俟特异功能研究者。

天下第一泉

水质优劣，尤为茗饮家所重视，明张大复《梅花草堂笔谈》云："茶性必发于水，八分之茶遇十分之水，茶亦十分矣。八分之水试十分之茶，茶只八分耳。"故有天下第一泉之说。唯域中泉水冠第一者有多处，各家都无定论。唐刘伯刍以金山中泠泉为第一，即所谓扬子江南泠水者。泉在镇江金山以西扬子江心石弹山下，泉在江水中，水落泉始现，汲取颇不易。陆放翁咏中泠泉诗："铜瓶愁汲中泠水，不见茶山九十翁。"文文山（天祥）亦有句云："扬子江心第一泉，南金北来铸文渊。男儿斩却楼兰首，闲品茶经拜羽仙。"唐张又新著《煎茶水记》，品题天下名水，举庐山康王谷水帘水为第一，此水味极甘冽，本草谓其"润肺清心，补中益气，安和四体，总理百骸，止渴生津，涤烦消垢，久饮之，悦颜色，乌髭须，黑发鬓，延年辟谷"。又有碧玉泉，在滇中安宁县，徐弘祖（霞客）遍历天下名土山大川，独称此水，并手题"天下第一泉"五字，勒石池畔。《徐霞客游记》云："虽仙家三危之露，伟地八巧之水可以驾称之，四海第一汤也。"清帝弘历重茗饮，尝鸠工制小银斗一，以衡天下之水，得京师西郊玉泉水，斗重一两，余水每斗皆在一两以上，因以玉泉为天下泉水之冠。

天下第一泉虽无定论，第二泉则只仅一处，泉在无锡惠山之阳，经陆鸿渐品为天下第二者。此泉唐大历末年无锡县守敬澄所开，泉分上中下三池，以上池水质最优，故得天下第二之选。

温泉

温泉又名温汤、沸泉，泉水伴硫黄而生，故能杀菌止痒，灭疥疗癣。晋张华《博物志》云："凡水源有石硫黄，其泉则温，或云神人所暖，主疗人疾。"《华阳国志》："邛都县南有温泉，冬夏常热，其源可烫鸡豚，下流澡洗，治宿病。"

至唐代，医家对温泉药用价值已有充分认识，陈藏器《本草拾遗》云："浴温汤，主诸风筋骨挛缩，及肌肤顽痹，手足不遂，无眉发，疥癣，诸疾在皮肤骨节者。下有硫黄，即令水热，硫黄主诸疮，水亦宜然。水有硫黄臭，故应愈诸风冷为上。"

温泉各省多有，苏东坡尝谓："所经温泉天下七处，以骊山为最。"骊山在陕西临潼县南，有温泉池，传说秦始皇与神女嬉戏，忤之，遂遍生疮疥，转求治于神女，神女即指此泉而洗之。唐时又有杨玉环澡浴于华清池中，故骊山温泉赫赫享大名。传说此泉是礜石泉，性大热，诚如陈藏器所言"非有病人，不宜轻入"，浴者慎之。

泉水寿人

《神农本草经》玉泉生蓝田山谷,"久服耐寒暑,不饥渴,不老神仙,轻身长年,人临死服五斤,死三年不变色"。汉铜镜铭亦云:"尚方作镜真大巧,上有仙人不知老,渴饮玉泉饥食枣,寿如金石佳且好。"

饮玉泉而羽化升遐,显属无稽,然泉水寿人,古有明证。《荆州记》云:"菊花源旁悉生芳菊,被径浸潭,流其滋液,水极芳馨,谷中有三十余家,不穿井,仰饮此水,上寿二三百,中寿百余,七八十者犹不为寿。夫菊能轻身益气,令人久寿,于此有征矣。"又《食物本草》云:"丹砂井水,在永宁州百寿岩下,饮之者多寿。昔东郭先生廖扶冢一族数百口,饮此井水,皆百余岁。"盖泉水与一些植物、矿物相伴而生,水感其精气,饮之有益健康。菊泉、丹砂泉以外,见于记载者尚有云母泉、枸杞泉、茯苓泉、术泉等,皆能寿人。

余杭章氏医学

余杭章太炎先生治经之余，留心医事，著作亦丰，既卒，《苏州国医杂志》辟章校长太炎先生医学遗著特辑，汇刊太炎医学论著多篇，此书建国后亦曾重印。

太炎知医，实渊源家学，乃祖、乃父皆擅岐黄，祖父章鉴，字聿昭，《余杭县志》谓："鉴少习举业，以妻病误于医，遍购古今医家书，研究三十年。"太炎亦云乃祖"中岁好医术，自周秦及唐宋明清诸方书，悉谙诵上口，以家富不受人饷糒，时时为贫者治疗，处方不过五六味，诸难病率旬日起"。其父章濬字楞香，亦长于医。

顷阅太炎文孙章念驰编选《章太炎先生学术论著手迹选》，有太炎先生1920年手录乃父楞香公家训，墨迹十纸，其中两条涉岐黄事：

"吾家世授医术，然吾未能工也。薛大使宝田，仲征君学辂皆精解汉唐方论，故治病多效。尝记在粮储署有一更夫患伤寒甚笃，吾断为结胸，而不敢下药，令求薛君，一服即愈，视其方，乃直录大陷胸汤。仲君为人治霍乱，亦不过四逆、理中。夫诊断明白，方书俱在，人能用而吾不能用者，以素未精治，惧其冒昧耳。"又云："张景岳医术，被叶香岩剽剥，学习者少，然沈笃之候，效香岩者多不能起，而效景岳者反能之，以此知才有钜细矣。"

《家训》中叶香岩即叶天士,薛宝田、仲学辂皆清末浙东名医。学辂字昂庭,与章家交谊尤深,尝撰《本草崇原集说》,书成未及誊正即殁,太炎就其遗稿誊录补正,厘为三卷,以传后世。

章太炎挽恽铁樵联

名医恽铁樵，江苏武进人，致力中医教育，创办铁樵中医函授学校，传徒甚众。太炎与铁樵过从甚密，常相与切磋医案，民国二十四年，铁樵卒，太炎挽联云："千金方不是奇书，更赴沧溟求启秘；五石散竟成末疾，尚怜甲乙未编经。"

章太炎论中西医药

章太炎中医论著甚多，55岁以后，几年年有医学论文刊布，载见《华国月刊》《制言》《三三医刊》等，其论六经辨证，伤寒猝病，医经版本，皆极有见地。

20年代后期，有余云岫氏上废止旧医案，遭国内有识之士一致反对，太炎亦撰文多篇，剖判中西医药优劣，立论公允，非一般腐儒泛泛之论可比拟也。其《论中医剥复案与吴检斋书》云："仆尝谓脏腑血脉之形，昔人粗尝解剖而不能得其实，此当以西医为审。五行之说，昔人或以为符号，久之妄言生克，遂若人之五脏，无不相挚乳，亦无不相贼害者。晚世庸医，借为口诀，则实验可以尽废，此必当改革者也。中医之胜于西医，大抵伤寒为独盛，温病热病，本在五种伤寒之内，其治之则各有法，而非叶天士辈专务甘寒者所能废也。脏腑痼病，则西医愈于中医，以其察识明白，非若中医之悬揣也。固有西医所不治，而中医能治之者。"《中国医学问题序》云："余以为今之中医，务求自立，不求断断持论与西医抗辩也。何谓自立，凡有病西医所不能治，而此能治之者。乃若求其利病，则中医之忽略解剖，不精生理，或不免拙于西医也。"

纵观太炎医论，能揭中医之长，而不讳言其短，提倡中西医药汇通，若论近世中西医结合，当自太炎始。太炎虽崇尚中医，但不排斥西医，晚年患鼻菌、胆囊炎，按太炎理论，脏腑之疾，中医不及西医，故病革时，召西医王几道、林苏民、孙剑夷、余云岫诊治，中医不与焉。

张简斋

据《中国医药学报》载，为纪念民国时期杰出医家张简斋，江苏省中医学会于1994年底举行首届张简斋学术思想研讨会。因忆数年前谒江安黄稚荃老人，老人为先王母高师同学，知余操岐黄业，为述张简斋事尤详。

简斋字师勤，安徽桐城人，祖上由皖迁宁，世居南京中华门侧陋巷中。稚老初晤简斋约在抗战前夕，时简斋已近六旬，体不甚高，极羸弱，因吸食鸦片，每晚七时始接诊，由司阍者售牌，每号银币一元，贫者免费，每晚门诊约一二百人，贫者占半数以上。简斋极富有，某次出诊沪上，竟遭绑票，费十万余始得脱，后非熟人请，概不出诊，若出诊则需大商号作担保。

其门诊方式尤奇特，以病人多，于室中心设一书案，张坐上首，两门生坐下首执笔抄方，案左右各坐病家，张左右手同时按两病人脉，同时向二生口授寒热药名及轻重分量，看病过程异常迅速。视其诊疗情状，一心二用，看似草率，而病家服药，无不奏效。

某次，稚老因恚怒而致咽喉阻闭，喉部肿大如瘿，不能发声，衣领亦不能扣结，延张诊治，为处一方，甚平淡，末书一剂。稚老因笔：

"一剂不好,如何?"示张,简斋遂于一字上复添一笔,作二字。稚老更欲有所问,张笑曰:"必好,必好。"一服之后,果然瘿消声出。据稚老云,南京解放前夕,简斋举家赴香江,1952年复还金陵,旋卒,年正七十。

郑钦安

近世蜀医喜用热药，若卢铸之、祝味菊、吴佩衡、戴云波辈，处方姜附桂动辄数两甚或半斤，人以"火神菩萨"呼之。考其源流，受邛州郑寿全影响最深。

寿全字钦安，邛州人，早年从师双流凤儒兼名医刘止唐先生，从受《周易》《内经》《伤寒》诸书，均熟谙而深思之。论医以"人生立命全在坎中一阳，人身一团血肉之躯，阴也，全赖一团真气运于其中而立命"为指归，治病则以"万病皆损于阳气"立论，故临证多用大热药，其《医理真传》云："不知桂附干姜，纯是一团烈火，火旺则阴自消。如日烈而片云无，况桂附二物，力能补坎离中之阳，其性刚烈至极，足消僭上之阴气，阴气消尽，太空为之朗廓。"纵治外感病，亦多以麻、姜、附、桂立方，其剂量之大，令人咋舌。人称"郑火神"，"姜附先生"。

钦安成名甚早，24岁即悬壶成都，传徒亦广，积平生心得撰《伤寒恒论》《医法圆通》《医理真传》三书，备论乾坤坎离辨病阴阳，及诸科杂病。以钦安久处西南一隅，影响局限川滇，国内知者甚少，比来蜀中唐步祺先生点校、阐释钦安三书，交巴蜀书社出版，钦安学术始为世重。近闻钦安三著将由德人翻译彼邦，则钦安声名将远播域外矣。

郑钦安

吾蜀江津王利器（藏用）教授撰郑钦安传，述钦安学术甚详，具录如下：

郑寿全，字钦安，四川邛州（今成都市邛崃县）人。生于清道光四年（1824），卒于清宣统三年（1911），年87岁。早年学医于夙儒兼名医刘止唐先生，从受《周易》《内经》及《伤寒论》诸书，均熟读而深思之，奠定医学理论基础。继复博览古今医书七十余种，加以融会而贯通之。行年二十有四，即悬壶于成都，因其医理、医术造诣俱臻上乘，医德亦冠绝侪辈，踵门而求治者常络绎不绝，声望日隆。中年以后，除行医外，开始授徒讲学，著书立说。清同治八年（1869）刊行《医理真传》，十三年（1874）刊行《医法圆通》，清光绪二十年（1894）刊行《伤寒恒论》，三书各具特点，又能理论联系实际，切合临床应用，一时为广大医家视为济世活人之鸿宝。

《医理真传》除综述祖国医学基本理论外，尤着重于治病先分辨阴阳，列举阳虚证、阴虚证之特征，并各举数十例加以阐发印证。其中心论点则谓人身以元阴、元阳为立命之本，而以阳为主导，故善于用姜、桂、附等大辛大热药味，量重而准，治愈不少群医束手之大症、急症，而被人尊称为"郑火神"，盖犹昔人称善用热药之良医为一炉火也。实则郑氏亦常用有石膏、芒硝、大黄等寒凉药味方剂如白虎、承气诸方以治病救人。《医法圆通》仍本治病注重阴阳实据及处方活法圆机之主旨，"采取杂症数十条，辨明内外，判以阴阳，经方时方，皆纳于内，俾学者易于进步，有户可入"。书首《用药弊端说》举出当时医界积习及沿误而示以用药准绳。书末更……

钦安虽是近人,而生卒年月说者多端,据《中医人名辞典》钦安1804—1901,王利器则谓1824—1911,《四川中医药史话》则谓卒于1906年,未考孰是。

儒医

近世医家，能当儒医二字者，允推吾蜀萧方骏先生。先生字龙友，别署息翁、不息翁，四川三台人，同治九年（1870）正月十四日生于雅安。先生幼承庭训，弱冠之年入成都尊经书院词章科，广览群经，亦留心医籍。光绪十八年，成都流行霍乱，先生偕陈蕴生沿街巡视，施医舍药，活人甚多，此先生行医之始。

三台萧龙友小像

龙友光绪二十三年入京，获丁酉科拔贡，充任八旗官学教习，后外放山东县令，辛亥鼎革，历任财政、农商两部秘书，总办，1928年政府迁都南京，先生感宦海浮沉，无济国事，因弃官为医，自号医隐，正式悬壶燕市。先生医术精，医德高，民国十三年，孙中山病笃，延龙友诊治，先生切脉后，谓病位在肝，所谓膏肓之疾，已非汤药所能奏效，故未处方而告退。未出旬月，中山竟以肝癌薨。同业服膺其学养，举为北京四大名医之首。

《治病药》与《书本草》

偶阅前贤笔记,有《治病药》与《书本草》两篇,虽无关医药,而以医药讽喻世事,殊觉有趣,迻录数则,与览者共赏。

《治病药》唐灵澈法师撰,法师悯世人多"以小善为无益而不为,以小恶为无损己不改",遂致心病,非俗间金石草木所能攻者,因治以心药,所谓心病,如"喜怒偏执、亡义取利、好色坏德、专心系爱、纵欲无理、纵贪蔽过、毁人自誉、擅变自可、轻口喜言、快意逐非、以智轻人、乘权纵横……"凡此一百病,对症治以心药百味,曰"思无邪僻、行宽心和、动静有礼、起居有度、近德远色、清心寡欲、推分引义、不取非分、虽憎犹爱、心无嫉妒……"此所谓"以百药自治,养吾天和,一吾胸臆,以期长寿之地也哉"。

治病百药,虽出瞿昙礼教,而律己做人,于小有益个人身心健康,大者则关系社会精神文明。

《书本草》清张潮撰,收入张所编辑《檀几丛书》中,仿本草体例,备论经史子集性味功效,如言:"四书,性平,味甘,无毒,服之清心益智,寡嗜欲,久服令人心广体胖。""诸史,种类不一,其性大抵相同,惟《史记》《汉书》二种味甘,余俱带苦,服之增长见识,有时令人怒不可解,或泣下不止,当暂停,复缓缓服之。但此药价昂,无力之家往往不能得，即服亦不易，须先服四书五经，再服此药方妙。必穷年累月，方可服尽，非旦夕所能奏功也。官料为上，野者多伪，不堪用，服时得酒为佳。""诸子，性寒带燥，味有甘者、辛者、淡者，有大毒，服之令人狂易。""释藏道藏，性大寒，味淡，有毒，不可服，服之令人身心俱冷，唯热中者宜用，胸有磊块者服之，亦能消导，忌酒，与茶相宜。"《书本草》虽是游戏笔墨，亦见儒生本色，其议论群经短长，亦有见地。

《药名谱》

《药名谱》一卷，后唐侯宁极撰，备载诸药隐名。夫中药别名，其源甚古，本是各地方音所致，如郭璞注《山海经》云："矾石，楚人名为涅石，秦名为羽涅也。"本草所收载药物异名，皆有文献可征，而《药名谱》所录药物隐名，则纯出侯氏杜撰，《药名谱》题记云："天成中，进士侯宁极戏造药谱一卷，尽出新意，改立别名。"《药名谱》以假君子代牵牛，以昌明童子名川乌，以皱面还丹喻人参，以正坐丹砂呼附子，厚朴隐为淡伯，防风写作曲方氏，故弄玄虚。

此书流传甚广，李时珍亦采《药名谱》异名入《本草纲目》，后世俗医，为矜其技，往往仿《药谱》，生造隐名，为害深远。

《石药尔雅》

秦汉以来，方士冶炼诸石为药，以冀长生，炼丹术大兴。唯各家师承不同，又都自秘其术，丹经著录多以隐名代替习见之物，使阅者不知其玄秘。如《抱朴子内篇》所言："古人秘重其道，不欲指斥，故隐之云尔。"唐元和中，西蜀梅彪有感丹书"用药皆是隐名，就于隐名之中，又有多本，若不备见，犹画饼梦桃，遇其经方，与不遇无别"，因仿《尔雅》体例，撰《石药尔雅》六篇。如释水银，有河上姹女、赤汞、青龙等别名20余种，皆见于道书、仙经者，览者称便。

《石药尔雅》与前述《药名谱》体例相近，皆记药物隐名，而《石药》一书所载，皆有所本，不似《药名谱》之虚无缥缈也。今日研究《周易参同契》等炼丹著作，此书犹有参考价值。

取类比象

中药性味功效之得出，多自取类比象而来，若以心补心，以肾养肾，核桃仁取象人脑，故云多食健脑。杨熙龄《著园药物学》云："俗本本草，淫羊藿条下云，用羊油炒，而不说明其理由，揆其用意，不过因此药名有羊字，遂附会之耳。设由此例推，则猪苓须用猪油炒；牛膝、牛蒡子须用牛油炒，然牛蒡亦名鼠粘子，究竟应用何油炒，尚须细酌；龙胆草须用龙油炒；马勃须用马油炒；人参则又当用人油炒矣，岂非一大笑话乎。"阅之可发一噱。又如俗医解释木通利尿作用，谓木通茎木中通，故能通利小便，或讥之云：自来水管亦复中通，可算利尿药乎？

扁鹊第三

太炎为某医家题匾，大书"扁鹊第三"四字，旁人不解，谓三或系二之误。太炎曰："君不读《史记》乎？"按《史记·扁鹊仓公列传》云，"扁鹊者，渤海郡郑人也，姓秦氏，名越人"。张守节《史记正义》云："黄帝八十一难序云，秦越人与轩辕时扁鹊相类，仍号之为扁鹊。"盖扁鹊已有先后二人，一为轩辕时名医，一为战国名医，以"扁鹊第三"喻时医之卓著者，确乎不误。

医药对偶

拈医经成句为偶语，所见甚鲜，有集《素问》为联："上工治未病不治已病；是药能生人亦能杀人。"取意甚佳，堪为医家座右。又有嘲庸医联，改唐诗"不才明主弃，多病故人疏"赠庸医云："不明财主弃；多故病人疏。"多故者，谓多医疗事故也。顷阅民国时《文苑滑稽谈》云：某医士自夸工于属对，适游达官之门，方以大缎裁衣，因指缎令对曰："一匹天青缎。"医立应曰："六味地黄丸。"达官喜其工，款之内院，因以"避暑最宜深竹院"七字命对，即对云："伤寒莫妙小柴胡。"正应对间，忽闻风送花香，又以"玫瑰花开香闻七八九里"令对，即口应曰："梧桐子大日服五六十丸。"合座为之抚掌。

以医药事对日常琐碎，固令人解颐，而至佳者，则能以医药偶语针砭时弊。民国四年八月，袁世凯授意杨度、孙毓筠、严复、刘师培、李燮和、胡瑛六人组成筹安会，以探讨学术为名，为帝制造舆论。至十二月，袁世凯帝制自为，宣布次年改元洪宪，即帝位。此举遭举国反对，遂有蔡松坡讨袁护国之役，各省亦通电独立，有四川将军陈宦、陕南镇守史陈树藩、湖南都督汤芗铭，皆袁心腹，见世凯大势已去，亦通电反对帝制，比袁得二陈一汤之电，惊惧交杂，不数日即毙。时人有挽袁之联云："起病六君子；送命二陈汤。"以中医方名双关筹安会六人及二陈一汤，语意嘲讽，对仗工巧，洵佳构也。

医家隽语

禅宗问答，每多机锋妙论，今考诸医史，亦有隽永可谈者。蜀医喜用热药，姜附桂动辄半斤，或问其故，曰，蜀地卑湿，非阳热之剂不足以去之。又问，可有所本，对曰，岂不闻宋人有谚："藏用担头三斗火，陈承箧里一盘冰。"又问，奈何剂量如许之大，曰，经云，姜附辛热，不可轻用。又钱塘名医金润寰，治极难险症，皆从容处之。语人曰："古之名医者，曰和曰缓，仓促何为耶？"两说皆曲解文字，而令人忍俊不禁者。前一说，"轻"本为轻率之义，曲解为轻重之轻；后一说中，缓和本春秋时秦国名医，事见《左传》。又，清末沪上名医某，艺高而不自矜，体恤贫贱，用药多平易，处方不过六七味，药价不过两三毫，而效验卓著。某富商有疾，延请诊视，处方竟，富家检视其方，亦不过平常药味，因请曰："老师可否用些贵重药？"医颔之，因于方末加药引两味：石狮子一对，黄马褂一件。商不解，医曰："黄马褂取其贵，石狮子取其重，既贵且重，当符尊意。"

废止旧医案始末

废止旧医案是近代中医史上一件大事,迄今已 80 年,知者渐少,因检理旧籍,略述其始末如次。

早在 1913 年,北洋政府教育部颁布大学教程,中医药学不在医学类学科之列,引发中医界抗议请愿,此近代中医救亡运动之始。经抗争,全国教育联合会勉强中医划入学校系统,然中医学科地位依然低下。

比至 1929 年,国民政府卫生署在南京召开第一届中央卫生委员会行政会议,有西医余云岫(岩)上《废止旧医以扫除医事卫生障碍案》,提案有云:"旧医一日不除,民众思想一日不变,新医事业一日不能向上,卫生行政一日不能进展。"荒谬至极。余氏提案一出,反对者众,而竟获通过,实与当时行政院长汪精卫有关。盖汪氏素反对中医,尝云:"国医言阴阳五行,不重解剖,在科学上实无根据,至国药全无分析,治病效能渺茫。"而余氏与汪私交甚好,余曾留学东瀛,在大阪学医,1916 年返国,为汪精卫治糖尿病,疗效颇佳,深得汪信赖。故其后废止一案虽被取消,汪仍耿耿于怀。1933 年汪精卫致孙科书云:"对于所谓国医条例欲陈述意见,弟意此事不但有关国内人民生命,亦有关国际体面,若授国医以行政权力,恐非中国之福。"

余氏提案通过,举国哗然,各界皆有异议,最终为立法院否决,原因有二：一方面，中医界强烈反对，提案消息传出，各地中医药团体纷纷致电质询，并推派代表集会南京，商讨对策。到宁与会者六十余人，有北平施今墨、陆仲庵，上海谢利恒，南京张简斋、杨伯雅、随翰英等。会议地点在慧园街杨伯雅诊所。会议商定，采取赴沪召开全国性会议，向国民政府请愿、上呈文、发通电，坚决反对该案。另一方面，也与立法委员焦易堂斡旋活动有关。易堂陕西武功人，早年加入同盟会，曾任最高法院院长，政余留心医事，为废止中医一事，曾面折汪精卫，又联络于右任、张继等向汪施加压力，并撰文揭诸报端，其文云："秦始皇焚书坑儒，而对医药书籍明令豁免。秦始皇古之暴君，二千多年前犹知中国医学之重要，不准焚烧，而今民国政府竟然明令取缔，其暴虐无知，实有甚于秦始皇。如不收回成命，则国民政府必将遗臭万年，汪精卫身为执政大员，亦将成为千古罪人。"又有立法委员彭养光，联合三分之二立法委员，提议否决此案。迫于形势，行政院最终宣布取消废止旧医案。

为安抚中医界，1931年3月，南京成立中央国医馆，以焦易堂为馆长，陈郁、施今墨副之，废止旧医案风波遂告平息。

蒲留仙

曹雪芹知医，故《石头记》中多涉医药，此红学家所乐道者。蒲留仙（松龄）撰述《聊斋》之暇，亦曾留心医事，并有著作多种，则鲜为人知。所撰《日用俗字》，一仿汉史黄门《急就篇》之例，为蒙学识字初阶，其中疾病一章，作七言韵文，凡五十二句，以歌诀形式述常见疾病证候及简易治疗手段，如云："疝气五般疗不愈，心疾九种猝难安。"又"鹤膝风先求杜仲，寸白虫须用雷丸"之类。又有杂剧《草木传》一出，凡十回，其人物悉用药名，念唱则用药性歌诀，如剧中栀子斥山慈姑："善治头痛蔓荆子，吸去滞物蓖麻子，驱风除湿苍耳子，能治胁痹白芥子。"又密陀僧唱："能治雀盲夜明砂，清热利水海金沙，镇心安神有朱砂，和胃安胎用缩砂。"可谓别具一格。

百病与百药

《治病药》一篇，唐灵澈法师撰，前已述及，偶检《云笈七签》有"说百病"与"崇百药"两文，托名老君，而论病及药与灵澈之文小异大同，文繁不录。卷末有论，则为《治病药》所缺，迻录如次："其人犯违于神，致魄逝魂丧，不在形中，体肌空虚，精气不守，故风寒恶气得中之。是以圣人虽处幽暗，不敢为非；虽居荣禄，不敢为利。度形而衣，量分而食。虽富且贵，不敢恣欲；虽贫且贱，不敢犯非。是以外无残暴，内无疾痛，可不慎之焉。"道经说病、说药，虽是宗教迷信，而近见国外报道，谓为官清廉者，多能享寿考，而贪狡之吏，寿命必短，老君之说，岂偶然哉！当今之人，遭种种恶疾，怨天尤人，而不知自省，平日心乎利欲，耽乐声色，行种种不法。倘能详阅此篇，端正其心，庶能免灾患于未然。

《禅本草》

顷阅《说郛》百廿卷本,有《禅本草》一卷,题宋慧日禅师撰,体例一似《书本草》,而论禅、讲、戒、定功效,饶有趣味,如云:"禅,味甘,性凉,安心脏,祛邪气,辟壅滞,通血脉,清神益智,驻颜色,除热恼如缚,发解共功若神,令人长寿。"又论戒云:"戒味辛,微苦,回甘,陈久者辛味亦尽。性凉。阳中阴也。须煅炼炮制极净,置汗浊处,便常用澡浴,其树五叶,或八叶,或十叶,或一百二十叶,大小粗细久近不同。四月八日及腊月八日采之良。不可自取,须曾采者指示乃得。此味号为药中之王,能治百病,不论元气盛衰者,皆宜服之。元气盛者,恃强不服,能致狂疾。衰者初服,觉苦辣,频频服之,久自得味。其药易破,宜谨收藏护惜。小破坏犹可用,若大坏者,不堪用也。"其说戒一条,看似游戏笔墨,而寓意颇深。云树有五叶、八叶者,谓戒律有五条、有八条、有十条、有百廿条也。云四月八、腊月八采者,二日皆是佛诞,可作传戒法会也。云小坏、大坏者,凡佛弟子受戒已,谨当持护,不可破戒,倘小有违犯,尚须忏悔自恣,若犯根本戒,则逐出禅林,不共住矣。释家以禅定增智慧,以戒律破魔障,此论谈禅论戒,个中三昧,修法者自能观见。

《广阳杂记》与《冷庐杂识》

清人笔记，关涉医药文献较多者，当推《广阳杂记》与《冷庐杂识》二种。《杂记》刘廷献撰，刘字继庄，一字君贤，别署广阳子，清初直隶大兴人，其一生不仕，以教读著述为事，而闻见博洽，全谢山（祖望）称其"自象纬、律历，以及边塞关要、财赋、军器之属，旁而歧黄者流以及释道之言，无不留心"。继庄固深于医者，《杂记》说医论药，信手拈来，如论酒云："年来过饮，一觉之后，达旦不寝，盖酒性热，催血入心故易寐。血聚于心，即催之而入百脉，心虚而继之入者少，故易觉耳。此亦非摄生所宜耳。"确能发人之所未。《冷庐杂识》陆以湉撰，陆字敬安，号定甫，嘉道间浙江桐乡人，曾任杭州紫阳书院教席。李越缦（慈铭）于前人笔记少有称许，论此书则谓："言多切近，小有考据，亦足资取。所载药方，尤裨世用。"敬安不特邃于学，复精于医，其考古论今，旁搜远绍，凡经史子集及方书药谱，靡不考核详明，笔之于书，除《冷庐杂识》八卷以外，有关医事著述尚有《冷庐医话》四卷，《再续名医类案》十六卷。曾自谓钱塘魏玉璜《续名医类案》六十卷，凡六十六万言，而世无刊本，遂自文澜阁中借得《四库全书》本，手录一部，其用功之勤，可见一斑。又《杂识》记华佗庙联云。"未劈曹颅千古恨；曾医关臂一军惊。"又联"歧黄以外无仁术；汉晋之间有异书"。遂录于此，以资谈助。

十八反刍议

十八反之说，由来也久。或云出自《神农本经》，或谓载见徐氏《药对》，元张从正《儒门事亲》十八反歌诀云："本草明言十八反，半蒌贝蔹及攻乌，藻戟遂芫俱战草，诸参辛芍叛藜芦。"历代医家多视十八反配伍为畏途，处方遣药避之犹恐不及，及今《中国药典》更有明文禁用。然考十八反源流，余恒有疑虑，今一一疏出，或博雅君子能有以教我。

疑问之一，见于《本草经集注》畏恶七情表，与藜芦相反之参有五，曰人参、丹参、沙参、玄参、苦参。迄今为止，与藜芦相反之参已达十余种，若桔梗科党参、伞形科北沙参、茄科华山参、石竹科太子参、马齿苋科土人参之类，其科属各异，化学成分、药理作用有别，中医性味功效不同，乌得都与藜芦相叛。其唯一共同之处，为其药名皆有一"参"字，皆可统称为"诸参"，故按前述十八反歌诀，既是"诸参"，则必叛藜芦。呜呼，与藜芦相叛者，已非具象之诸参药物，竟为抽象之"参"字欤？

疑问之二，药物品种，古今兴废不同，故有同名异物，同物异名，品种不同，虽同名而殊功，今人知之已详。何以贝母不论川、浙，都攻乌头；大戟不分京、红，均战甘草，沙参不问南、北，芍药不辨赤、白，俱叛藜芦？更可异者，别有土贝母，虽有"贝母"之名，而系葫芦科植物，功能解毒散结，清热消痈，效用与川、浙贝母迥异，而张介宾《本草正》亦云与乌头相攻。犹可笑者，毛茛科黄花乌头 Aconitum coreanum 作关白附用时，不言其与半夏、瓜蒌等相反，而以其成分与正品川、草乌相近，偶有误充草乌头用之者，此物一作草乌，便与半夏、瓜蒌等相反。亦见与半夏等相反者，实为"乌头"字样。

疑问之三，余治药理学，深谙现代科学判断药物相互作用，殊非易事。十八反科研耗资甚巨，而犹不能有统一结论者，正缘于此。窃疑古人仅从临床个案总结相反禁忌，是否准确可靠。试观十八反药对，多是毒药与毒药配伍，或毒药与无毒药配伍，若乌头、大戟、甘遂、芫花、藜芦、半夏辈，如剂量过大，或炮制不当，单用则足以杀人，古人如何能知杀人者是半夏、乌头同用，而定非单独之半夏或乌头？或戏言，单服乌头死一次，半夏乌头同用，则死十次，故可证半夏之反乌头也。人果能死十次欤？

疑问之四，古人十八反理论之得出，不乏偶然因素，请以蜂蜜反生葱为例说明之。蜂蜜与葱同食杀人，不唯民间习闻，《本草纲目》亦言之凿凿，而今人动物及人体实验，除偶见腹痛以外，已证杀人之说无稽。想古人得出蜂蜜反葱之结论，岂是无因，必应有同食蜂蜜与葱之死亡验案在先。设有某甲，偶食蜜又食葱，竟死，为某乙所见，某乙业医，因作推论："蜜不杀人，葱亦不杀人，此人兼食葱、蜜而死，必是二者同食杀人。"遂将结论笔之于书，以诫后人。今考某甲之死，葱蜜同食，固为可能致死原因之一，然焉知其不因心脏病猝发而死？又焉知某甲所食之蜜，不是剧毒之乌头花蜜，倘果是乌头花蜜，则不食葱亦死。以古人认知水平，不排除致死之偶发因素，而一味责诸蜜与葱，其见解必偏。十八反理论之得出，是否也有类似葱蜜之误？

於戏，十八反禁忌，古人既有明训，今人临床总以避之为吉。然就学术思想而论，《医断》曾云："相反、相畏之说，甚无谓也。"余每善其言。

异药

山川草木，诗赋文章，人文风俗皆可以疗疾。李渔《笠翁一家言》云："生平痛恶之物与切齿之人，忽然去之，可以当药；一心钟爱之人，可以当药；一生未见之物，可以当药；平时契慕之人，可以当药；其人急需之物，可以当药；本性酷好之物，可以当药"。凡此异药，见诸笔记，尚有数种。唐冯贽《云仙杂记》云："张籍取杜甫诗一帙，焚取灰烬，副以膏蜜，顿饮之，曰：令吾肝肠从此改易。"是知杜诗有增益心智、浣涤肠胃之功。又清米锡绶《幽梦续影》云："琴医心，花医肝，香医脾，石医肾，泉医肺，剑医胆。"《蝶隐》云："琴味甘平，花辛温，香辛平而燥，石苦寒，泉甘平微寒，剑辛烈有小毒。"又《东坡志林》云："张君持此纸求仆书，且欲发药，君以何品？吾闻战国中有一方，吾服之有效，故以奉传。其药四味而已，一曰无事以当贵，二曰早寝以当富，三曰安步以当车，四曰晚食以当肉。"又南宋包恢，年已八十有八，而精神康健，贾似道问其颐养之术，包答云："吾有一服丸子药，乃是不传之秘方"。似道欣然欲受其方，恢徐徐笑曰："恢吃五十年独睡丸。"事见元吴莱《三朝野史》。至若泉水疗疾，故事甚多，最奇者当推金陵紫金山上，悟真庵侧之泉，其水甘滑，有积年疾者，饮之皆愈。宋张敦颐《六朝事迹》谓此水有八种功德："一清、二冷、三香、四柔、五甘、六净、七不噎、八蠲疴"，是真不可思议者。

磁疗

今人尚磁疗，磁化水、磁化杯以外，更有磁疗手表、背心、护膝、腰带之类，诩为发明创新。不知磁疗之法，古已有之，《云仙杂记》引《丰宁传》云："益眼者无如磁石，以为盆枕，可老而不昏，宁王宫中多用之。"传中宁王，唐睿宗之子，名宪，封宁王，事见《唐书》睿宗诸子传，至于磁化水之法，则见于《本草纲目》引养老方："治老人虚损，风湿、腰肢痹痛。方用磁石三十两，白石英二十两，捶碎瓮盛，水二斗浸于露地，每日取水作粥食，经年气力强盛，颜如童子。"

猴经

曩游峨眉，山道多药肆，见一物，色黝黑略泛紫红，颇粘手，嗅之腥膻扑鼻，不识。因问售者，曰："此猴经也，母猴月信，疗妇人月经不调甚良，本草中有之"。予将信将疑。偶阅陆以湉《冷庐医话》，果有猴经一则，其略云："药物中有猴经，乃牝猴天癸，治妇女经闭神效。李心衡《金川琐记》云：独松汛之正地沟，山高箐密，岩洞中猿猱充仞，土人攀悬而上，寻取所谓猴经者，赴肆贸易，多至百斤。此可以补诸家本草之阙。"松汛即松林汛，在四川西昌附近。又检《本草纲目拾遗》："猴经，入药名申红，深山群猴聚处极多，觅者每于草间得之，色紫黑，成块，夹细草屑，云是平猴月水干血也。广西者良。治干血劳。"予仍不果信，甲戌秋，赴京上参加本草学术会，晤浙东陆先生，告渠曾往访饲猴者，牝猴天癸每次不过数滴，焉得有许多，竟凝结成块！又云，别有猴结，售者谓系母猴分娩时所出之血，遗山岩石洞中者，亦是欺人之谈。所谓猴经、猴结，不过是猴洞中粪便、尿液并食屑杂物，年久又经猴群践踏板结块者，最秽臭，焉能疗疾？唯因采缬不易，故售者神秘其说，以昂其值，陆以湉、赵学敏皆为所愚。

林则徐与新豆栏医局

据《清稗类钞》载,林文忠公(则徐)由西域赐还,时粤患起,文宗(咸丰帝)特诏起之,公方卧疾,闻命束装,星夜兼程,以忧国焦劳,病转剧,竟卒于广宁行馆,临殁,大呼"星斗南"数声,人皆不解所谓。

顷阅先寄尧师《两松庵杂记》,有"新豆栏医局"条,其略云:"美国长老会牧师伯驾,曾获耶鲁大学医学博士学位,后来华传教。清道光十五年(1835)于广州开设新豆栏医局,病者踵至,道光十九年(1839),伯驾曾为一不露姓名者治愈疝气,此即时任广东禁烟钦差大臣之林则徐。太平军兴,咸丰特诏则徐赴闽剿办,途中病危,临殁大呼星斗南,众不解。实则星斗南即闽语新豆栏之对音。君命在身,亟望得愈,因而念及十一年前为之解除宿疾之新豆栏医局也。"

近代医学史余知之甚略,检《中国医学史》,谓美人彼得伯驾(Peter Parker)为来华传教医士之第一人,1835年设眼科医局,又称新豆栏医局于穗,旋迁新址,更名博济医院,1845年出任美驻华公使馆参赞,代理公使,1855年升为正式公使。近代医史于伯驾氏评价不高,而其与林少穆交往一段,更鲜为人知。

章太炎训"达"字

《论语·乡党》:"康子馈药,拜而受之,曰,丘未达,不敢尝。"注云:"受馈之礼,必先尝而谢之,孔子未达其药之故,不敢先尝。"谢兴尧《谌隐斋随笔》"读书有味聊忘老"篇谓章太炎解《论语》,先引《左传·成公十年》"公疾病,求医于秦,秦伯使医缓为之,医至,曰,达之不及,药不至焉,不可为也"。训达字"达者,针也。凡病,有先施针然后可用药者,如《伤寒论》桂枝汤即其一例。孔子病未施针,故不敢尝药,针后自可尝,故仍拜受不辞"。

六腑异说

今以胃、大、小肠、胆、膀胱、三焦为六腑，而据《后汉书·马融传》注引《韩诗外传》，其说颇不同。《韩诗外传》云："何谓六府，咽喉者，量入之府也；胃，五谷之府也；大肠者，转输之府也；小肠者，受成之府也；胆者，积精之府也；旁光者，凑液之府。"此以咽喉为六府之一，不考以三焦代咽喉，始于何时。

又按道书，别有六府，《黄庭内景玉经注》云："六府者，谓肺为玉堂宫尚书府；心为绛宫元阳府；肝为清冷宫兰台府；胆为紫微宫无极府；肾为幽牧宫太和府；脾为中黄宫太素府。"

见于敦煌变文之药名诗

以药名入诗，传情言志，殆始于齐王融。王融药名诗云："重台信严敞，陵泽乃闲荒，石蚕终未茧，垣衣不可裳，秦芎留近咏，楚衡摺远翔，韩原结神草，随庭衔夜光。"

检敦煌卷子《伍子胥变文》，有子胥与妻对答一段，全用中药名，饶有趣味："其妻遂作药名诗问曰，妾是仵茄之妇细辛，早仕于梁，就礼未及当归，使妾闲居独活。膏良姜芥，泽泻无怜，仰叹槟榔，何时远志。近闻楚王无道，遂发材狐之心。诛妾家，破芒消，屈身苜蓿，葳蕤怯弱，石胆难当。夫怕桃人，茱萸得脱，潜形菌草，匿影藜庐，状似被趁野干，遂使狂夫茛䓖。妾忆泪沾赤石，结恨青葙，野寝难可决明，日念舌干卷柏，闻君乞声厚朴，不觉踯躅君前。谓言夫婿麦门，遂使从容缓步，看君龙齿，似妾狼牙；桔梗若为，愿陈枳壳。子胥答曰，余亦不是仵茄之子，不是避难逃人。听说余之行里，余乃生于巴蜀，长在霍乡。父是吴公，生居贝母，遂使金牙采宝，之子远行，刘寄奴是余贱朋，徐长卿为贵友。共渡襄河，被寒水伤身。二伴芒消，唯余独活。每日悬肠断续，情思飘飘，独步恒山，石膏难渡。披岩巴戟，数值柴胡。乃意款冬，忽逢钟乳。留心半夏，不见郁金。余乃返步当归，芎穷至此。我之羊齿，非是狼牙，桔梗之情，愿知其意。"

章太炎之医药诗文

前记太炎挽恽铁樵联，近又检得挽西医江逢治博士联云："医师著录几千人，海上求方，唯夫子初临独逸；汤剂远西无四逆，少阴不治，愿诸公还读伤寒。"挽陈善余云："论文在卅载以前，盛德若虚，未就厉乡窥藏史；学医自中工而下，圣儒长往，始知元里有方书。"余云岫长子与沈志翔次女结婚贺联云："上医有经，黄帝不妨求素女；良冶之子，莫邪今已配干将。"

又《题陈无择三因方五言一律》云："子去近千载，留书为我师，持将空宇读，不共俗工知。大药疑蛇捣，良方岂鬼遗，清天风露恶，何处不相资。"《防疫诗二首》："高柳日光赤，飞尘暗度墙，济生无橘井，隐背尚藜床。灶上苦新药，阶前抒酢浆，何当赴龙窟，一写百金方。""少壮日以去，员舆存旧人，暴书常苦执，裹药暂宜春。汤暖浮筒桂，盆坚捣细辛，频龄如可度，焉用坐庚申。"

太炎释火齐汤

《史记·扁鹊仓公列传》有"火齐汤",注家付阙,检《章太炎全集》有"释《仓公传》火齐"一篇,剖析甚详,备录如次:"仓公治齐郎中令循涌疝,及齐王太后风瘅客脬、齐北宫司空命妇气疝,皆用火齐汤。治齐中御府长信寒热,用液汤火齐,治齐淳于司马回风,用火齐米汁,治齐孝王痹,用火齐粥。注家皆不释火齐。案仓公所用药剂,多著药名,如云苦参汤、莨菪药、芫花皆是也。以是例之,则火齐亦药名尔。《说文解字》云:火齐,玫瑰。《本经》云:云母,一名云珠,色多赤,是其物也。以火齐汤治涌疝、气疝、风瘅、客脬者,饮之并得前后溲。《千金翼方》以云母治淋疾,温水和服三钱匕,即其比矣。以液汤火齐逐热,一饮汗尽,再饮热去,则张仲景方蜀漆散治牡疟之类也。《本经》云:云母疗中风寒热,耐寒暑。青霞子云:云母久服,寒暑难漫。并可证矣。以火齐米汁治回风者,回风之状,饮食下嗌辄后之。《食医心镜》治小儿赤白痢、水痢,云母粉半大两,煮白粥调服之,盖其遗法也。故《本经》谓云母止痢。以火齐粥治痹者,饮六日而气下,即《本经》云母下气之说也。由此观之,火齐之为云母审矣。而所谓汤者,盖即温水和服也。所谓米汁者,盖即浆水和服也。所谓粥者,则研粉煮白粥尔。不然,以火齐必得为解,则汤水热水之称,粥是熟饪之物,重言火齐,斯不调矣。"

浙江医家

欧阳小岑知医,曾文正微时,大病将殆,遇小岑于逆旅,竟力诊治之,遂为布衣交。小岑撰《水窗春呓》,于江南医家颇多微辞,有云:"予自来江南,携黄氏八种(即《黄元御医书八种》)赠人,无有过而问者。后见时医费伯雄所立医案,然后知浙江另有一种医派,所用皆平淡之品,分两亦轻,病家见之以为稳适。顾亭林曰:古之名医能生人,古之庸医能杀人,今之庸医,不能生人不能杀人。其江浙医生之谓乎?然一时虽不至杀人,小病气渐衰,或尚无碍,大病迁延失治,鲜不死矣。"

余按温凉两派素不相容,玉楸子以扶阳抑阴立论,用药主温补,小岑承其余绪,而江浙是温病学派之渊薮,小岑轻之,良有已也。至于小岑讥南医用药铢两之轻,尤属偏见,《素问·异法方宜论》云:"黄帝问曰,医之治病也,一病而治各不同,皆愈,何也?岐伯对曰,地势使然也。"小岑湘人,彼方人士多嗜厚味,及病非重用药剂难达病所,而江浙之人素体轻虚,受药亦薄,过剂反为药困,此正治病因人、因地制宜之旨也。

小岑传略,李经纬《中医人物辞典》失载,《中国人名大辞典》有小传,甚简略,仅云:"欧阳兆熊字晓岑(《光绪湖南通志》作字小岑),湖南人,诗文皆法唐人,工词曲联句之属,书亦险劲,世不恒见,善医,有诗集。"有关小岑医事,何时希《中国历代医家传录》尚记一条,可供撷取:同治五年,小岑由扬州反湘,集资设医药局,刊黄坤载医书八种,来局习医者,令熟读此书,然后始行医。又道光二年,太医院明令废除针灸科,而小岑则令人专习针灸与祝由,医风为之不变。

陈邦贤《自勉斋随笔》

　　陈邦贤是当世著名医史专家，所撰《二十六史医学史料汇编》《十三经医学史料汇编》《诸子集成医学史料汇编》《中外医事年表》等，字数在百万以上，沾溉医学史界甚多。民初所著《中国医学史》，论者更推为近代研究中国医史开山之作。邦贤字冶愚，晚号红杏老人，江苏丹徒人，早年从丁福保学医，旅赴上海入中日医学校，抗战入川，供职教育部医学教育委员会、中医专门委员会，后应聘北碚国立编译馆自然组纂修。建国后，调任北京中医研究院，专事医史研究。

　　邦贤治医之暇，勤于笔耕，抗战中寓重庆青木关，仿《履园丛话》《冷庐杂识》作随笔十二册，战后，整理为《自勉随笔》，由世界书局出版。此书绝版多年，迩来上海书店编次"民国史料笔记丛刊"，始有再版。

　　《随笔》记时人时事最夥，兼及金焦史料并渝州风物，皆作者亲历者，涉及医药不足什一，而记太平军军医黄益芸、东北人参种类、康继渊百合园、师道南《鼠死行》诸条，实有裨医药学术者。

青浦何氏医学世家

青浦何氏，自南宋何侃直哉以来，世代为医，迄今已近卅世，其中尤以何书田、鸿舫父子声名最著。

书田名其伟，字韦人，元长子，少司举子业，嘉庆十一年父卒，乃弃儒为医。道光中，林少穆（则徐）抚吴，遘软脚病，夫人亦罹肝疾，乃延书田诊视，数剂并起之。少穆书联为报，联云："菊井活人真寿客；斟山编集老诗豪。"又："读史有怀经世略；检方常著活人书。"少穆尝问东南情势，书田乃尽所知，上《东南利害策》十三道，颇为少穆纳用。又参酌古今方案，辑成《救迷良方》一卷，用戒阿芙蓉癖，少穆善之，刊布推行。由是林何过从甚密，而书田介节自持，未尝以私事干请，贤者多称之。书田卒于道光丁酉，时少穆已移督两广，闻讣有挽诗云："岂徒方技足千古，盛业应归丈苑中。"书田不特以医名，诗翰词章亦为人称道，龚定盦（自珍）论《斟山草堂诗稿》有"古体蟠硬见骨力"之赞。书田论医诗云："治病与作文，其道本一贯。病者文之题，切脉腠理见。见到无游移，方成贵果断。某经用某药，一丝不可乱。心灵手乃敏，法熟用益便。随证有新获，岂为证所难。不见古文家，万篇局万变。"

鸿舫讳长治，书田第三子，太学生，医事以外，尤精八法，作书胎息颜鲁公，气势磅礴，间作何子贞体，亦奇崛可观，尝自订瞻箨山庐书例。孙玉声《退醒庐笔记》云："先生好饮酒，健谈笑，医学外兼工书法，作擘窠大字，尤力透纸背，为人书楹联、堂额，署款每为横泖病鸿。逮归道山之后，欲得先生手笔之人，遍求其平日所开药方，每纸可易鹰饼二枚，后竟增至四枚，以药方而为人珍视若此，诚医林之佳话，亦艺苑所罕闻也。"后人辑为《何鸿舫先生手书方笺册》，程门雪先生题诗云："名家羲献后承先，辨证徐何美旧传。今日朔南观妙迹，墨迹浓淡纪方笺。"又"每于烂漫见天真，草草方笺手自亲。不独医林仰宗匠，即论书法亦传人"。

古人认识与现代观念暗合

检读古书，每叹古人论述与现代认识颇有暗合之处，兹举数例。

《后汉书·应奉传》注引《韩诗外传》云："妇人有五不娶，……世有恶疾不娶，弃于天地。"世有恶疾者，谓先代有疾，恐贻患子孙，此语寓朴素生殖遗传学思想。

《抱朴子·论仙》云："又以药粉桑以饲蚕，蚕乃到十月不老。"此即当今药理学研究抗衰老药物桑蚕寿命实验之权舆。

《神农本草经》云："上药多服、久服不伤人。"此语暗示多服伤人与久服伤人为两事。所谓多服伤人，即现代毒理学之急性毒性；久服伤人，即蓄积性毒性。

《神农本草经》谓莨菪子使人见鬼狂走，其说近巫鬼，人多轻之。今按此语实阿托品类生物碱中毒所致中枢反应之真实记录。

米寿

日人以八十八岁为米寿,盖"米"字合八十八成文,以一百零八岁为茶寿,"茶"字为八十八加廿。故冯芝生(友兰)自寿联云:"既上于米,相期以茶;心怀四化,意寄三松。"此外,尚有九十九岁之白寿,一百二十一岁之黄寿。

阴阳

传统医学以阴阳概括人体,解释疾病,本无疑义,近阅王有光《吴下谚联》,论"阴阳"为词不作"阳阴",其说颇趣。

"阳大阴小,阳男阴女,阳君子阴小人。似应阳先而阴后,乃圣经贤传,下至谚语,皆曰阴阳,不曰阳阴,何也?按此义本于易书,乾上坤下为否,坤上乾下为泰,曰阴阳者,从泰象也。"

神农与中医药

世人以黄帝为医学之祖,神农为药学之祖,故《素问》托黄帝之名,《本草》冠神农二字。稽诸坟典,神农之与中医药相关联,殆始于东汉,因缕述沿革如次。

神农即是农神,故先秦文献所载有关神农传说,无一不与农业生产有关,而从未有涉及医药者。如《管子·形势》云:"神农教耕生谷,以致民利。"《轻重篇》又云:"神农作树五谷淇山之阳,九州之民,乃知谷食,而天下化之。"《吕氏春秋·爱类》云:"神农之教曰,士有当年而不耕者,则天下或受其饥矣。女有当年而不绩者,则天下或受其寒矣。故身亲耕,妻亲织,所以见致民利也。"汉兴,有关神农附会益多,而仍以农事为主。纬书《春秋元命苞》云:"神农人面龙颜,好耕,是谓神农,始为天子。"又云:"神农生三辰而能言,五日能行,七朝而齿具,三岁而知稼穑般戏之事。"《论衡·感虚》云:"神农之烧木为耒,教民耕耨,民始食谷,谷始播种,耕土以为田,凿地以为井,井出水救渴,田出谷以拯饥,天地鬼神所欲为也。"《白虎通·号》:"神农因天之时,分地之利,制耕耜,教民农作,神而化之,使民宜之,故谓之神农也。"汉代有关神农教民耕种食谷之论甚多,不具引。

神农尝百草之传说,流传甚广,论者多指为医药之张本。而详考此传说源流,实滥觞于汉初。陆贾《新语·道基》云:"民人食肉饮血,衣皮毛,至于神农,以为行虫走兽,难以养民,乃求可食之物,尝百草之实,察酸苦之味,教人食五谷。"《太平御览》引贾谊书云:"神农以走禽难以久养民,乃求可食之物,尝百草实,察咸苦味,教民食谷。"二说略同,而神农尝味百草之目的,不过"教民食谷"而已,实无关医事。流传最广,亦多为本草家乐道者,则推《淮南子·修务训》中一段话:"古者,民茹草饮水,采树木之实,食蠃蜯之肉,时多疾病毒伤之害,于是神农乃始教民播种五谷,相土地宜,燥湿肥墝高下,尝百草之滋味,水泉之甘苦,令民知所辟就。当此之时,一日而遇七十毒。"但引用者多只撷取"尝百草"以下数句,使文义重心落在"一日而遇七十毒"上,看似与医药有关。而联系上下文,神农尝百草滋味水泉甘苦之目的,仍只"令民知所辟就",而少"疾病毒伤之害",与后世所称"宣药疗疾,以拯夭伤",实了不相涉。

东汉始将神农与医药相联系,郑玄注《周礼·天官》疾医云:"其治合之齐,存乎神农、子仪之术。"贾公彦疏引张仲景《金匮》云:"伊尹以亚圣之才,撰用神农本草,以为汤液。"

汉代之后,有关神农与医药传说渐丰,代表性文字如《帝王世纪》:"炎帝神农氏长于长江水,始教天下耕种五谷而食之,以省杀生。尝味草木,宣药疗疾,以救夭伤之命,百姓日用而不知,著本草四卷。"干宝《搜神记》:"神农以赭鞭鞭百草,尽知其平毒寒温之性,臭味所主,以播百谷,故天下号神农也。"司马贞补《史记·三皇本纪》云:"以赭鞭鞭草木,始尝百草,始有医药。"

由神农与医药之关系,亦可推证,所谓"神农本草经"者,必成书于东汉,而不会更早。

《汉书》"本草"考

汉初药物学文献称为"药论",如《史记·扁鹊仓公列传》云:"庆有古先帝遗传黄帝、扁鹊之脉书,五色诊病,知人生死,决嫌疑,定可治,及药论书,甚精。"至《汉书》始有"本草"一词。

《汉书》中"本草"二字凡四见。一见《郊祀志》:"(成帝即位之明年,即建始二年,公元前31年)候神方士使者副佐,本草待诏七十余人皆归家。"一见《平帝纪》:"(平帝元始五年,公元5年)征天下通知逸经、古纪、天文、历算、钟律、小学、史篇、方术、本草及《五经》《论语》《孝经》《尔雅》教授者,在所为驾一封轺传,遣诣京师,至者数千人。"前条"本草待诏",据颜师古注,"谓以方药本草而待诏者"。系职官名称。后条"本草"与天文、历算、方术并列,当是专学,两条所出"本草"字皆非书名。又《游侠传》云:"楼护字君卿,齐人,父世医也。护少随父为医长安,出入贵戚家。护诵医经、本草、方术数十万言。"文中之"本草"既与"医经"、"方术"并陈,则应是泛指,其非一书之专名也宜。

《艺文志》经方类书录解题云:"经方者,本草石之寒温,量疾病之浅深,假药味之滋,因气感之宜,辨五苦六辛,致水火之齐,以通闭解结,反之于平。"此处"本"与"草石"连读,作动词用,然其与前三处"本草"字必有联系。

除"药论"外，西汉时是否还有药学专著闻世，殊难定论。然颇疑当时恐未必有药书题名"本草"者，陈理由如次：①《汉书》虽屡见"本草"一词，而《艺文志》书目中却未见有名"本草"之书，考《艺文志》收书下限为扬雄，其年代已在西汉末与王莽之间，若当时已有"本草"，即使书成于刘向校书之后，也不应为班孟坚所遗。②若谓"本草"书因出自"本草待诏"之手，以作者地位卑下，而为正史所轻，故遗而不录。检《艺文志》小说家类又有待诏臣饶撰《心术》二十五篇，待诏臣安成撰《未央术》一篇。③《艺文志》方技略共分四门，曰医经、曰经方、曰房中、曰神仙。尤堪注意者，医经类七家、经方类十一家、房中类八家、神仙类十家，共八百六十八卷，几乎无一本药学著作。换言之，即如前论，西汉时是否已有许多药物学专著出现，姑不论其是否题名"本草"，也值得怀疑。④《郊祀志》中所称"本草待诏"，恐未必如颜注所说"以方药本草而待诏者"，或如后人所说专司医药事之方士。检《郊祀志》成帝建始二年，"候神方士使者副佐，本草待诏七十余人皆归家"，其原因系匡衡、张谭奏称："长安厨官县给祠郡国候神方士使者所祠，凡六百八十三所，其二百八所应礼，乃疑无明文，可奉祠如故，其余四百七十五所不应礼，或重复，请皆罢。"诏可，遂罢多处神祀。"候神方士使者副佐"归家，顺理成章，而以医药为职事之"本草待诏"亦受牵连而罢归，则于义未允。因疑此处"本草待诏"应别有所指，或即《史记·封禅书》中"自言有禁方"之"海上燕齐之间方士"。故当释作"以方术本草而待诏者"，或"兼司医药事之方士"为妥。⑤楼护所诵，有"医经"、"本草"、"方术"三类，比照《艺文志》，未言及"经方"，则此处之"本草",或即借用经方类解题中"本草石之寒温"一语,以"本草"呼"经方"欤？恐非谓今言之"本草著作"也。⑥由是亦可推之,《平帝纪》中"本草"与逸经、古记、天文、历算、钟律、小学、史篇、方术并举,而未及"医经"与"经方",则此处之"本草",亦当是"方技"类之泛称。

故《汉书》虽有"本草"一词,而实不可据《汉书》谓《本草经》成书西汉时也。

《本草经》之名始见于东汉

东汉始有作为书名之"本草经"一词出现。安世高译《捺女耆域因缘经》云:"逢一小儿担樵,耆域望视,悉见此儿五脏肠胃,缕悉分明,耆域心念,《本草经》说,有药王树,从外照内,见人腹脏,此儿樵中得无有药王耶?"据《高僧传》,安世高名清,安息王嫡后之子,让国于叔,驰避本土,遂处京师。以汉桓帝建和二年(148)至灵帝建宁中(168—171)20余年,译经30余部,数百万言。此处引佛典有"本草经"云者,非谓此三字为西域舶来,实安世高译经时,借用当时汉地固有名词,用作翻译梵文"药书"一词,则彼时中土已有《本草经》流行无疑。

《神农本草经》成书年代

《神农本草经》是存世本草著作中年代最早者，有关此书成书年代，历来说者纷然，以书名首冠"神农"二字，故前代好古之士，多目为秦皇焚书以前之作。如陶弘景《本草经集注·序录》云："此书应与《素问》同类，但后人更多修饰尔。秦皇所焚，医方、卜术不预，故犹得全录。"《颜氏家训》云："譬犹本草，神农所述。"淹博如赵翼，其《簷曝杂记》亦云："三皇之书，伏羲有《易》，神农有《本草》，黄帝有《素问》。《易》以卜筮存，《本草》《素问》以方技存。"

按以上诸说，终不免穿凿附会，比至近代，梁任公（启超）于此书研究甚详，所撰《中国历史研究法》云："今所称《神农本草》，《汉书·艺文志》无其目，知刘向时决未有此书，再检《隋书·经籍志》以后诸书目，及其他史传，则知此书不惟非出神农，即西汉以前人参与者尚少，殆可断言。"梁氏所见极是，今更举一例，论证《本草经》成书东汉，兼作梁说之佐证。

《本草经》有青、赤、黄、白、黑五芝，按五色配五行、五方，分生五岳，此受汉代谶纬思想影响所致。值得注意者，五芝以外，别有紫芝，《本草经》谓其"生高夏山谷"。查考古今地名，皆未见有名"高夏"者，陶弘景亦不解"高夏"，《本草经集注》云："按郡县无高夏名，恐是山名尔。"

今考"高夏"二字确非郡县名，但亦不如陶说为山川之名。稽诸典籍，"高夏"与"紫芝"连用者，唯见《淮南子·俶真训》："巫山之上，顺风纵火，膏夏紫芝与萧艾俱死。"高诱注："巫山，在南郡。膏夏，大木也，其理密白如膏，故曰膏夏。紫芝，皆喻贤智也。萧、艾，贱草，皆喻不肖。"由高注知"膏夏"本为美木之名，与紫芝并喻君子，萧与艾俱为杂草，喻小人。同生"巫山"之上，当火烧之时，君子与小人并死，寓玉石俱焚之意。

因《淮南子》此句已有地点状语"巫山"，故"膏夏"决非地名，高训作"大木"甚是。换言之，决无可能《淮南子》受《本草经》"紫芝生高夏山谷"之影响，而将"膏（高）夏紫芝"连用。反观《本草经》六芝产地："青芝生太山；赤芝生霍山；黄芝生嵩山；白芝生华山；黑芝生常（恒）山。"正如《新修本草》所说，"五芝皆以五色生于五岳。诸方所献，白芝未必华山，黑芝又非常岳"。五岳实非五芝真实产地，而是由五行方位附会而来。可以想见，《本草经》所谓"紫芝生高夏山谷"，亦非真实产地，而是《本草经》作者错误理解《淮南子》"膏夏紫芝"四字，所向壁虚构者。同时亦可证明，《本草经》作者并未见到高诱注本。

由此可以断言，《本草经》必成书于《淮南子》之后，而汉末高诱之前。

花好月圆人健

苏仲翔（渊雷）教授跋龚孝拱书"花好月圆人健室"额，论老年人身心保健，极有心得。其文不长，迻录如次：

"常言道，愿花常好月常圆人长寿，孝拱此室额，易为花好月圆人健，殆有深意。长寿固人所祈求，然寿而不健，厥乐减半。健身首须健心，即今所谓心理卫生是也。庄生有言，喜怒哀乐不入于胸次，此为养生之主。《金刚经》亦曰，应无所住而生其心，六祖惠能闻之以悟道，信不诬也。余平生以此二语治心。又益以四句：一曰凡事须看得穿，一切当通过现象以窥其本质，正面反面侧面，面面俱到；二曰须想得透，前因后果，过去现在未来，处处回顾反省，自然不惑；三曰忍得住，遇事不惊，处之泰然，必不硬拼，虚与委蛇；四曰须放得下，此着最难，功名男女，生死之际，最为人生考验之关键，能闯过此三关，则得大自在，孔子所谓七十随心所欲不逾矩是也。

尝有人参禅学佛，双手双脚紧攀树枝不放，旁人教其手脚齐放下，彼先放左脚，然后放右脚，再放左手，最后仅一只右手，死不肯放。旁人用棒一打，则豁然堕地，身心通泰，了无挂碍矣。如四句义，说来容易，真正做到，着实困难，惟有处处提撕，时时警惕，方能寡过。程明道所谓眼中有伎，心中无伎，正谓此矣。所以养生之道，健心第一，心健则身健，腰脚健，乃至思想健，笔力健，无不纵横如意矣。健之时义大矣哉。"

仲翔教授毕生治经史之学，于禅悦亦有慧心，修身养性，故能寿登大耋，曾膺上海健康老人之选，此跋乃见性之语，览者不可作等闲观也。

钱本草

禅本草、书本草已载前篇，检《随园随笔》记唐张燕公撰《钱本草》亦有趣，其略云："沈凡民先生家藏钱本草一贴，文为张燕公（说）所作，字为樊厚所书，荔菲彬所刻，一时汪退谷、徐诚斋、王虚舟、林吉人诸名公俱有题跋。大概此本在《金石录》中所无，而笔法整媚，疑是后人集右军书而假托为之者，当亦褚河南《高士赞》之类，物希为贵也。其文云：钱，味甘，大热，有毒。偏能驻颜，采泽流润，善疗饥口困厄之患，立验。能利邦国，污贤达，畏清廉。贪者服之，以均平为良，如不均平，则冷热相激，令人霍乱。其药采无时，采之非理则伤神。此既流行，能召神灵，通鬼气。如积而不散，则有水火盗贼之灾生；如散而不积，则有饥寒困厄之患至。一积一散谓之道，不以为珍谓之德，取与合宜谓之义，无求非分谓之礼，博施济众谓之仁，出不失期谓之信，人不妨己谓之智。以此七术精炼，方可久而服之，令人长寿，若服之非理，则弱志伤神，切须忌之。"

同书卷27别有"今疾病见古书"一条，亦可资治疾病史者参考："考今疾病之见于古者，郑康成曰汤半体，即今之半肢风也。《荀子》曰徐偃王目可瞻焉。焉，鸟之微者，即今之近视也。或云焉乃马字之讹，杨倞注云：目不能细视，故但能瞻马耳。孙叔敖突秃，即今之发秃也。

《左氏》晋侯张如厕，即今之臌胀。崔令钦《教坊记》范汉女开元出内庭，有姿而微愠羝，即今之狐臭也。《素问》淡阴之疾，即今之痰饮也。《周礼》春时有痟首疾，即《说文》之酸痟，头痛也。子云有离眴之疾，即今之怔忡也。《左传》称陈豹望视，即今之望羊眼也。赵罗痁作而伏，今之疟疾也。荀偃生疡于头，今之落头疽也。《史记》樊荒侯不能为人，今之天阉也。韩女腰痛，淳于意以为欲男子而不得，即今之相思瘵也。《论衡》言周公背偻，即今之背弯也。孔子反羽，即今之反唇也。《荀子》言傅说如植鳍，即今之枯瘦也。周公如断菑，亦枯瘦之义。"

阿胶考

《本草经》胶有两种,曰白胶,曰阿胶。白胶一名鹿角胶,煮麋角、鹿角为之,其色黄白,因又名黄明胶。阿胶以山右东阿县出者为道地,故名阿胶。

阿胶之作也,初以牛皮为之,见《名医别录》。《周礼·考工记》云:"鹿胶青白,马胶赤白,牛胶火赤。"郑康成注:"皆谓煮用其皮或用角。"亦不言用驴皮。陶隐居论作白胶:"细锉鹿角,与一片干牛皮,角即消烂矣。"论作阿胶:"用一片鹿角即成胶,不尔不成也。"是知牛皮能消鹿角成白胶,鹿角消牛皮成阿胶,其阿胶用牛皮也明。《齐民要术》亦云:"煮胶沙牛皮、水牛皮、猪皮为上,驴马驼骡皮为次。其胶势力虽复相似,但驴马皮薄毛多胶少,倍费樵薪。"唐代始有以驴皮为阿胶者,《本草拾遗》谓:"凡胶俱能疗风止泄补虚,驴皮胶主风为最。"宋以后,阿胶则专用乌驴皮也。

驴皮作胶,本不限东阿一地,其独重阿产者,以阿井故也。《水经注》云:"东阿县大城北门内西侧,皋上有大井,其巨若轮,深六七丈,岁尝煮胶,以贡天府,本草所谓阿胶也,故世俗有阿井之名。"沈存中《梦溪笔谈》云:"古说济水伏流地中,今历下凡发地皆是流水,世传济水经过其下。东阿亦济水所经,取井水煮胶,谓之阿胶。用搅浊水则清,人服之下膈消痰止吐，皆取济水性趋下而重，故以治淤浊及逆上之疾，今医方不载此意。"《本草图经》亦云："出东阿，故名阿胶。今郓州皆能作之，以阿县城北井水作者为真。造之用阿井水煎乌驴皮，如常煎胶法，其井官禁，真胶极难得，都下货者甚多，恐非真。寻方书所说，所以胜诸胶者，大抵以驴皮得阿井水乃佳耳。"比至明清，阿井之名尤著，寒斋藏道光八年冬至东阿知县李贤书重刊阿胶仿单一纸，绘古阿井图，并顺治五年、康熙三十年立"天下第一泉"碑记，阿井之见重如此。

煮制阿胶，初不择牛驴之皮，亦不添加他药，逮及后世，其法渐繁，以金埴《巾箱说》记载最详，其略云："阿井在故阿城（原注：因齐威王时阿大夫所治之邑，故名），今东阿、阳谷二县界。昔有虎，爪窟其地，水出，饮之久，得精锐之气，化而为人，后因为井。此乃济水之眼，色碧而重，搅浊即澄，汲出日久味不变。制阿胶之法，选纯黑驴，饮以东阿城内狼溪河之水，至冬，取皮浸狼溪河一月，刮毛涤垢，务极洁净，加人参、鹿角、茯苓、山药、当归、川芎、地黄、白芍、枸杞、贝母共十味，同入银锅，汲阿井水，用桑木火熬三昼夜，漉清再熬一昼夜，煎成胶，色光如镜，味甘咸而气清和，此真阿胶也。凡制者诚心诣井，一如其法，而勿吝重费，服之实有奇效，彼伪造者，徒射利欺人耳，于病奚益哉。"

大凡一物享名，必有伪作者随之，中外古今概无例外，张隐庵《本草崇原》颇揭出明清时阿胶作伪内幕。张云："余尝逢亲往东阿煎胶者，细加询访，闻其地所货阿胶，不但用牛马诸畜杂皮，并取旧箱匣上坏皮及鞍辔靴屦，一切烂损旧皮皆充胶料。人间尚黑，则入马料、豆汁以增其色。人嫌秽气，则加樟脑等香，以乱其气，然美恶犹易辨也。今则作伪者日益加巧,虽用旧皮浸洗日久,臭秽全去,然后煎煮,并不入豆汁及诸般香味,俨与真者相乱。人言真胶难得,真胶未尝难得,特以伪者杂陈,并得者亦疑之耳。人又以胶色有黄黑为疑者,缘冬月所煎者,汁不妨嫩。入春后嫩者,难于坚实,煎汁必老。嫩者色黄,老者色黑,此其所以分也。昔人以光如瑿漆,色带油绿者为真,犹未悉其全也。又谓真者拍之即碎,夫拍之即碎,此谓极陈者为然,新胶安得有此。至谓真者绝无臭气,夏月亦不甚湿软,则今之伪者,未尝不然,未可以是定美恶也。"噫,作伪者狡狯多智,医者、病者奚从哉。

《邻苏老人学术年谱》记柯刻《大观本草》事

《邻苏老人学术年谱》载杨惺吾光绪庚子（1900）致慎庵廉访大人函，涉及武昌柯巽庵（逢时）覆刻《大观本草》事，颇资考证研究，节录如次：

前得来示，久稽裁答，以刻书伊始，选工不易，加以校对本草，日无宁晷。来札刻七经，幡天际地，劳不可言。固也不知刻本草尤为烦扰，一则湖北工人所刻仿宋字体多整齐者，此《大观本草》则以圆润为主，故虽有能者，亦不得不另授笔法，故每一页刻成，或修改，或竟弃之，而易工重刻，月余来始有端绪。二者此书为唐慎微所撰，而及身未当雕板，至大观、正和始两刻，继为本草，大费校订。而刻字好手又不易得，计陶子林（子林事多，且尔来疲倦），不过刻得十余纸，其余皆李子其鸠合黄叔、李姐及汉阳帮人刻之。由今计之，今年恐未能刻成本草。……守敬在日本收书，本拟归自家刻之，乃久呼将伯，无助之者，今得阁下发愿为之，守敬之素愿偿矣。此书成自宋刻上木，而同人皆谓是焚琴煮鹤（刘幼丹粮储亦云然）。乃以元本入木，然元本只存半部，余半部仍不能不影写，而写费亦略得买书之半。计此书三十一卷，一大篋，论值当值三数百金，敢请阁下裁之。此后

《邻苏老人学术年谱》记柯刻《大观本草》事

半即以宋本上木,抑影写上木（影写有高手,能与宋刻无二）,而仍存此宋本在天地间乎？祈速示知。至于刻费,与陶子林、李子其细商,非每字二文半不可（连版写在内）,而校对工钱不与焉。现在倩有校书者四人,一熊固之（名会贞,并校七经及翻检各书,每年二佰金,伙食在外）,一黄逖先（兼翻阅各医书,并誊写札记,每年一佰金,伙食在外）。其余二人则死对各本异同者,每年五十金,连伙食不及佰金。守敬则总其成。计此医书,宋、元之外,有明刻本二通,朝鲜古刻本二通（皆一一校对,有札记）,七经则合数十通校之（《论语》最多古本,故从《论语》刻起）。非此四人之力能办,所幸守敬十余年间,自校、借人校,皆各批于书眉,此时唯合订于一本耳。

此函亦见巴蜀书社《杨守敬题跋书信遗稿》致慎庵第三函,慎庵亦柯巽庵别号,相与议论《大观本草》之刊刻也。函中有四处未明：杨惺吾自承藏有宋板《大观》,而检《日本访书志》及王有三先生续补,仅有元大德壬寅宗文书院刊《大观》31 卷,明成化四年刊《政和》30 卷,未见宋刻《大观》入藏记录,此不解之一；又《访书志》载大德本《大观》为 31 卷完帙,此函则言只存半部,是不解之二；又函云拟直接以宋本上木（所谓上木,度函中之意,当是以书页直接覆于梨枣板上,板成则原页荡然矣,函中焚琴云云当指此。余识见浅陋,未知清人影刻宋板是否有此一法,识者幸能教我）,此举在清末未免耸人听闻,故函中以焚琴煮鹤为解嘲,继又言以半部元本上木而配以宋本或影写本,也觉夸张,此不解之三；既云直接以书叶上木,函中又别计写板之费,每字二文半,尤不可解。

《邻苏老人学术年谱》记柯刻《大观本草》事

按近代藏书家二叶先生皆不以杨惺吾为然，叶郋园先生抵之尤力。《书林清话》卷10"近人藏书侈宋刻之陋"条云："宜都杨守敬本以贩鬻射利为事，故所刻《留真谱》及所著《日本访书志》大都原翻杂出，鱼目混珠，盖彼将欲售其欺，必先有此二书使人取证，其用心固巧，而作伪益拙矣。"叶菊裳日记亦称杨嗜利诡谲，是否属实固不可知，而刘禺生《世载堂杂忆》杨守敬条记杨柯为刻《大观本草》交恶云："守敬居武昌长堤，与柯逢时邻近，杨得宋刻《大观本草》，视为孤本，逢时许重价代售，请阅书一昼夜即还。柯新自江西巡抚归，吏人甚众，尽一日夜之力抄全书无遗漏，书还杨，曰：闻坊间已有刻本。不数月而《大观本草》出售矣。杨恨之入骨，至移家避道，终身不相见。乡人曰，杨一生只上过柯巽庵大当。"禺生此条或系传闻致误，《学术年谱》辩之尚详，证以此函，则当是杨弄狡狯欺柯，而非相反。惜手边无柯刻《大观》对勘，不能详述其始末也。

又于《艺风堂友朋书札》中检得柯巽斋两函，皆与刻《大观本草》事有关，录出以俟他日详考。

敝刻本草已成十之八，《论语》毕公札记尚未就，惺吾做事无一能爽快者，其刻本无不精绝过人者，盖其所长，即其所短也。

医馆拟刻善本医籍，已将元刊《本草衍义》影刻，可与《大观》合印（陆刻不甚佳）。又将仲景诸书依赵开美本景刻，此外，《卫生总微论》及《活幼心书》《钱氏真诀》均重加校刊札记，小种之书，重刻不少，因原本误字太多，不能不重写上板。惺吾藏倭刻倭抄甚夥，其必要者已商定购借。

紫薇

　　紫薇树高丈许，无皮，人以手搔其肤，彻顶动摇，遂名怕痒花。唐开元初改中书省为紫微省，中书令为紫微令，取义紫微垣，寻于省中植紫薇花，故白香山诗云："独坐黄昏谁是伴，紫薇花对紫微郎。"

　　蜀人不识紫薇，每误呼紫薇为紫荆花。本草有紫荆皮，功在活血消肿，正品当用豆科紫荆，一名满条红者；川省则以千屈菜科紫薇树根皮充之，殊误。考陆务观《老学庵笔记》云："僧行持，明州人，有高行，而喜滑稽，尝在余姚，贫甚，有颂曰：大树大皮裹，小树小皮缠，庭前紫荆树，无皮也过年。"紫荆有皮，紫薇无皮，则紫薇之误紫荆，宋代已然。

昙花

昙花为仙人掌科植物，又称优钵昙花。苏东坡《赠蒲涧长老诗》云："优钵昙花岂有花，问师此曲唱谁家。"杭世骏则谓优钵昙花为优昙钵花之误，宋以前实无昙花之名。《订讹类编》云："《法华经》佛告舍利弗，如是妙法，如优昙钵花时一现耳。《太平寰宇记》广州产优昙钵，似枇杷，无花而实。盖蒲涧寺在广州，故公用此，但止有优昙钵花，未闻有称优钵昙者，意公失于检点，因平仄相协，不觉有误，遂不起疑。"

今考优钵昙与优昙钵本是两物，东坡误用《法华》典，杭氏以为无优钵昙亦误。《翻译名义集》云："优昙钵罗，此云瑞应。《般泥洹经》云：阎浮提内，有尊树王，名优昙钵，有实无华。优昙钵树有金华者，世乃有佛。《施设论》云：绕瞻部洲，有轮王路，广一踰缮那。无轮王时，海水所覆，无能见者。若转轮王出现于世，大海水减一踰缮那。此轮王路，尔乃出现。金沙弥布，众宝庄严，旃檀香水以洒其上。转轮圣王巡幸洲渚，与四种兵，俱游此路，此华方生。新云乌昙钵罗。"则《法华经》《太平寰宇记》所言优昙钵，即今无花果。无花果非真无花，其花隐于肉质总花托内，花托膨大即成一假果，故只见其果不见其花，遂以无花为名。优钵昙花据《广群芳谱》引《梁书·波斯国传》："国中有优钵昙花，鲜花可爱。"此即今之昙花，梁时已有舶来。

又吴其濬《植物名实图考》别载有优昙花，为木兰科植物，与上两种均异。

苦丁茶

周作人（知堂）一度号苦茶庵，其五十自寿诗有云："旁人若问其中意，且到寒斋吃苦茶。"友人见之，即以苦丁茶一包见贻，知堂不能耐其苦涩，因作小文《关于苦茶》为己之叶公好龙辩。文章以沈兼士诗作结，沈诗云："端透于今变澄彻，鱼模自古读歌麻。眼前一例君须记，茶苦原来即苦茶。"

知堂苦茶一文于苦丁茶沿革颇有考证，犹有未尽意处，容补述之。

苦丁本作苦登，《宋史·崔与之传》："朱崖地产苦登，民或取叶以代茗。"至清张璐《本经逢原》始讹写为苦丁，后遂因之，以苦丁茶为名。此物南北朝时粤闽间人即以代茗饮，呼为皋卢，或作瓜卢，又写为过罗、枸罗，皆夷语译音。陶弘景《本草经集注》云："南方有瓜卢木，亦似茗苦涩，取其叶作屑，煮饮汁，即通夜不睡。"李珣《海药本草》云："皋卢生南海诸山中，叶似茗而大，味苦涩，出酉平县，南人取作茗饮，极重之，如蜀人饮茶也。"

今用苦丁茶，知堂谓系山茶科及五加科植物，不知何据。近年苦丁茶品种调查认为，其原植物甚为复杂，两广、福建、浙江所用系冬青科枸骨及大叶冬青，其植物形态与本草记载相符，又含咖啡因，当即《本草经集注》等所称皋卢。江苏、安徽则将茶叶与枸骨叶共同烘制以充苦丁，其味至苦，不堪入口，恐友人持赠知堂者即此。又有用小檗科十大功劳叶者，益苦涩。吾蜀亦有苦丁茶，以灌口青城山产者最有名，系取木樨科紫花女贞、日本女贞树叶及嫩枝烘干压制而成，苦而回甘，最长清热解暑。

儿茶

南宋《仁斋直指方论》有孩儿茶,《饮膳正要》称孩儿茶出"广南",即广南西路,其地在今与广西交界之云南省广南县附近。《本草纲目》以"乌爹泥"为名将之收入本草土部,李时珍云:"乌爹或作乌丁,皆番语,无正字。"又云:"乌爹泥,出南番爪哇、暹罗、老挝诸国,今云南等地造之。云是细茶末入竹筒中,坚塞两头,埋污泥沟中。日久取出捣汁熬制而成。"《徐霞客日记》卷9下《滇游日记》亦提到铁甲场村民"惯走缅甸,皆多夷货。以孩儿茶点水饷客。茶色若胭脂而无味"。铁甲场在今云南洱源县。由产地看,此即今云南所出儿茶,至于李时珍言孩儿茶乃以茶叶末加工而成,当是传说之误,云南儿茶实为豆科植物儿茶 Acacia catechu 去皮枝干制成之干燥煎膏。孩儿茶亦有进口者,元汪大渊《岛夷志略》提到须文那国(苏门答腊岛)产"孩儿茶又名乌爹土,又名胥实。考之其实,槟榔汗也",此外,古里佛(印度之卡利卡特)亦出产儿茶。

郁金品种变化

清叶梦珠《阅世编》卷7云："郁金之贵，于经传见之，诗歌咏之，然未有如顺治、康熙初年之价者。则川、广之乱甫平，百货未通，郁金一两值银二百余金，亦并无处可觅。"今用郁金来源于四个植物种，即温郁金 Curcuma wenyujin、姜黄 C. longa、广西莪术 C. kwangsiensis、蓬莪术 C. phaeocaulis，药用其块根。温郁金主产于浙江温州，《阅世编》作者是明末清初上海人，此记载似乎表明当时郁金主要以四川及两广出产之 C. longa、C. kwangsiensis 为主，而 C. wenyujin 尚未作为郁金入药。

另据曹炳章《增订伪药条辨》云，"（郁金）本非贵重之品。清初吴乱未靖时，蜀道不通，货少居奇，致价数倍，甚则以姜黄辈伪之者"。由此可知，原本用作姜黄之 C. wenyujin 清初开始兼作郁金入药。

图书在版编目（CIP）数据

玉叩斋随笔 / 王家葵著. —重庆：重庆出版社，2019.12
ISBN 978-7-229-13887-5

Ⅰ. ①玉… Ⅱ. ①王… Ⅲ. ①随笔－作品集－中国－当代 Ⅳ. ①I267.1

中国版本图书馆CIP数据核字(2019)第273651号

玉叩斋随笔
YUXUANZHAI SUIBI
王家葵　著

责任编辑	孙峻峰　吕文成
责任校对	何建云
装帧设计	孙峻峰

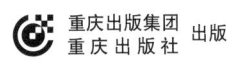

重庆出版集团 出版
重庆出版社

重庆市南岸区南滨路 162 号 1 幢　邮政编码：400061　http://www.cqph.com
重庆新金雅迪艺术印刷有限公司印制
重庆出版集团图书发行有限公司发行
E-MAIL:fxchu@cqph.com　邮购电话：023-61520646
全国新华书店经销

开本：787mm×1 092mm　1/16　印张：16.5　字数：140 千
2020 年 6 月第 1 版　2020 年 6 月第 1 次印刷
ISBN 978-7-229-13887-5
定价：78.00 元

如有印装质量问题，请向本集团图书发行有限公司调换：023-61520678

版权所有　侵权必究